YUUSHA NO SONOGO
勇者のその後
地球に帰れなくなったので
自分の為に
異世界を住み良くしました
2
JUUICHIYA SUI
十一屋翠

ラザリア
盗賊の村を治めている心優しき族長。
ミューラ
勇者パーティのメンバーその2。
おっぱいの大きな神官。
お姉さん的存在。
エアリア
勇者パーティのメンバーその1。
ハーフエルフの魔法使い。
可愛いが胸は小さめ。

主な登場人物

サリア
古《いにしえ》の王女様。
現代では失われた魔法を操る。
トウヤ
地球から勇者として召喚された本作の主人公。
とある事情で地球に帰れなくなったので
異世界復興に励む。
シルファリア
魔王の娘。勇者の命を狙っている。
サザンカ
ミナミッカ群島の全種族をまとめ上げる、
サザンドラ族の長《おさ》。狐の獣人。
タンポポ
サザンカに仕える優秀な側近。
ナイスバディの兎《うさぎ》獣人。

プロローグ　これまでのお話

異世界に召喚《しょうかん》された勇者こと俺、トウヤ・ムラクモ。

まあ色々あって俺は魔王を倒す旅に出た。

それで激闘の末に見事魔王を倒したんだけど、死《し》に際《ぎわ》の魔王に不吉《ふきつ》な事を言われたっていうのもあって、英雄として迎えられるのは辞退。

で、あえて元の世界へ帰る事を選んだんだ。

だが、いざ帰ろうとしたところで、帰還するための逆召喚術式にトラブルが発生。元の世界に戻る事が出来なくなってしまった。

途方に暮れたものの、まあせっかくの機会だ。帰る方法が見つかるまで、この世界をもう一度ゆっくりと見て回る事にした。

だけど、そんな呑気《のんき》な旅を続ける中で目《ま》の当《あ》たりにしたんだ。

自分が思っていた以上に荒廃《こうはい》していた世界を。

こうして俺は、この世界を復興《ふっこう》させようと決心する。

そんなこんなで復興を進めていたある日の事。

魔王の娘を名乗る謎《なぞ》の女性――シルファリアが俺に戦いを挑んできた。彼女の目的は、父親である魔王を倒した俺に勝利し、自らが魔王の名を継ぐ事。

宿敵である俺と対峙《たいじ》した彼女は言った。

「貴様《きさま》が勝ったら私を好きにするといい」

よし、全力で頑張ろう。

第一話　勇者、魔王の娘をゲットする

「ブレイブバースト!!」

魔王の娘シルファリアと戦う事になった俺はそう叫んで、早速《さっそく》向かってきた彼女に、魔力波を放った。

「くうっ！」

大仰《おおぎょう》な技名ではあるが、実際には大量の魔力を衝撃波として正面に放つだけの雑な攻撃だ。

ただし、その衝撃波の幅は五〇メートル。勇者の莫大《ばくだい》な魔力をふんだんに使った面制圧攻撃であり、そこに込められた魔力は、並みの魔族なら半殺しに出来る威力を持っている。

実戦では、精密な攻撃を当てるなどとても出来ないので、こうした大雑把《おおざっぱ》な攻撃の方が有効なのだ。相手が実力者ならなおさらにな。

実際に、シルファリアは足を止めて防御に専念するしかなくなっていた。

シルファリアが声を上げる。

「この膨大《ぼうだい》な魔力、なんというデタラメな攻撃だ！」

よーし、このまま一気に戦闘不能に追い込むぞ！　そう思っていると、シルファリアが睨《にら》みつけてきた。

「舐《な》めるなっ！」

シルファリアが翼を広げて上空へと飛び上がる。

こういう時、翼を持つ種族は卑怯《ひきょう》だよな。魔力の消費なしで空に逃げられるんだからさ。

飛行する魔法と攻撃魔法、実質二つの魔法を同時に使えるようなもんだ。普通は魔法を一つしか発動出来ないというのに。

「今度はこちらの番だ！　スターダストレインッ！」

シルファリアが魔法を発動させると、彼女の足元に巨大な魔力の塊《かたまり》が生まれる。

「極小の魔力の流星群、避けられるかな!?　行け！　流星よ！」

シルファリアの命令に反応し、足元の魔力塊《まりょくかい》から流星が降り注いだ。

「……さぁ、無限の流星が奏《かな》でる恐怖を味わうがいい！」

「無限とは言いすぎだな！」

そう言うと俺は全身に魔力障壁《しょうへき》を展開しつつ、足の裏で魔力を弾けさせる。そしてその反発力で地上を弾丸のように駆けた。

だが魔力の流星群は、俺の回避行動をあざ笑うかのように広がる。さしずめ流星のスコールのような状態だ。

あまりの展開の速さに回避が間に合わなかった俺は、さらに全身に魔力障壁を発動して流星から身を守った。

「くぅっ!?」

見た目は小さな流星だが、意外に一発一発の威力がある。こいつ一発あたり、中級魔法並みの威力があるぞ!? それが数えきれないほど襲いかかってくるなんて、十分に大魔法クラスじゃないか! 一体あの魔力塊にはどれだけの魔力が込められているんだ!?

魔力障壁は魔力を全身に張り巡らせて魔法を相殺《そうさい》するという強引な技なので、防御魔法と違って呪文として発動しなくて済む。だが、襲いかかってくる魔法を完全に相殺するには魔力の消耗《しょうもう》が大きい。この状況だと、すごい勢いで魔力がなくなっちまうぞ!

しかし、これだけの威力と範囲の攻撃、長時間は維持出来まい。

俺は再び足の裏に魔力を集中させ、高速移動する。移動のための魔力操作に集中しつつも、防御のための魔力障壁をおざなりにする訳にはいかない。どちらを怠《おこた》ってもこの流星雨の中では命取りになる。

俺はここで少しばかり計算を誤っていた。相手を普通の強いヤツくらいに考えていたのだ。魔王を倒した俺なら、一対一で負ける事はないだろうと。

だが、相手は魔王の娘。魔王を除けば、今まで戦った事のない強敵である。

「ふん、魔法の範囲外まで逃げるつもりか。だがな、ここからが本番、これがこの魔法の真骨頂《しんこっちょう》なのだ！」

シルファリアが意味深な発言をするのと同時に、次々に星が襲いかかってくる。

ガツン、ガツン、ガツン、ガツンガツン、ガツンガツンガツン、ガガガガツン、ガガガガガガガガツン、ガガガガガガガガガガガガガッ。

お、おいおい、ヤバイヤバイヤバイ！　流星が俺の魔力障壁に激突しまくってる。早く魔法の範囲外まで逃げないと！

俺はさらに速度を上げて、魔法の範囲外へ急いだ。

はずなのに。

「あ、あれ？」

なぜかいつまで経っても、シルファリアの魔法の範囲外まで逃げる事が出来ないでいた。一体どれだけ広範囲の魔法なんだ⁉

すでに魔法の範囲外へ脱出しているはずなのに、なぜか俺はシルファリアの魔法のど真ん中にい続けた。

もしやこれは……

「この魔法、追尾型か⁉」

シルファリアが正解だと言いたげにニヤリと笑う。

なんてアホな事をする奴だ！　普通これだけの大魔法に追尾機能なんて持たせないぞ。

この魔法は、大量の強力な魔力弾を無差別かつ広範囲に射出する。それだけでも結構な魔力が必要だろうに、さらに追尾機能まで持たせたらとんでもなく魔力を消費するぞ！

マジックアイテムなんかで魔力を補ったとしても、何発も撃てないのは間違いない。それだけこの魔法に自信があるのか？

「そのとおりだ！」

俺の思考を読んだのだろう。シルファリアは自信ありげに返答してきた。

だから俺は――

「え？　マジ⁉　ホントにパンツを見せつけるためにわざわざ空に浮かんでたの⁉」

「は？　……っ⁉」

そう指摘してやったのである。

シルファリアは真っ赤になってスカートを押さえる。

「何だよー、見せてくれるために俺の上で浮いてたんだろー？」

「そ、そんな訳ないだろう！　私がその通りと言ったのは、この魔法に絶対の自信を持っていて！

確実にお前を倒す事が出来るという意味だ！」

うん知ってる。

お前を挑発するために、わざと的外れな事を言ったんだよ。プライドの高い奴はこういうのに乗りやすいからな。だからこそ、わざわざ眼福《がんぷく》なポジションに俺がいたのをバラしてまで挑発したのだ。

うん、挑発だよ、挑発。決して脚を閉じた事を残念に思ってなんかいませんよ。

「ええい、スケベな奴め！」

失敬《しっけい》な。俺ほど誠実で心の清《きよ》い勇者はいないというのに。

「だが、どれだけふざけようとも、お前が私の魔法から逃げられない事に変わりはない！　魔力切れを期待しても無駄だぞ。この両腕のリングの宝石は、膨大な魔力を蓄積する特殊な鉱石で出来ている。これがある限り、私がお前よりも先に魔力切れになる事はない！」

クソ、予備バッテリー付きかよ！

確かにシルファリアの言うとおり、今の俺は彼女の魔法から逃げられずにいた。このままでは俺の魔力が切れるのも時間の問題だ。一応は魔力を回復させるポーションも魔法の袋の中にあるが、相手の予備バッテリーの容量が分からない以上、それに頼る訳にもいかない。

「ふはははっ！　我が奥義《おうぎ》の威力、思い知ったか！　この流星は一発一発の威力はそれほどでもないが、連射を受け続ければ並の魔力障壁では耐える事など出来んぞ！」

しまったな、これは相手を甘く見ていた。この魔法はいわばゴリ押し決戦魔法だったようだ。

「光栄に思うがいい。この魔法を使うのは父上以外でお前が初めてだ！　最初の攻撃を受けた時に、全力を出して戦わなければ勝てぬ相手と確信したのだからな！」

「そりゃ、光栄だ……」

このままシルファリアの魔法が途切れるまで耐えるか、それとももう一度あの魔法の範囲外まで逃げるか。

いくらシルファリアの魔法が追尾式といえども、無限の射程を持っている訳じゃないだろう。ここは一旦シルファリアから離れる事で魔法の射程から逃れ、仕切りなおした方が良さそうだな。

「そうと決まれば！」

戦術を決定した俺は、魔力障壁の強度を維持しながら後退を始める。

「ははは！　私の魔法には勝てぬと諦めたのか？」

自分の魔法に絶対の自信があるのだろう。シルファリアが余裕の笑みで俺を見下してくる。両手でスカートを押さえながら。

「恥ずかしそうにしながらそんな事言われても、全然怖くないなぁ」

「き、貴様が私のパンツを覗《のぞ》くからだろうが！」

後退しながら俺はシルファリアへの挑発を続ける。

「だったら下に降りればいいだけだろ。カッコつけて上にいるからパンツが見えるんだ」

むしろあんなエロい格好で来た方が悪いのだ。パンツを見られたくないならそんな短いスカートを穿《は》くなというやつである。

「ふん、挑発は無駄だぞ！　私を地上に誘い込んで接近戦を狙っているのだろう？　だが私がこうして空にいれば、貴様は飛行魔法で接近するために一旦防御魔法を解かざるをえない。そうなれば、我が流星雨で人間の脆弱《ぜいじゃく》な体はあっという間に蜂《はち》の巣だ。攻撃魔法で迎撃しようとしても同様だ。つまりお前に出来るのは逃げるだけという事だ！」

ふーむ、シルファリアのヤツ、俺が接近するためには飛行魔法が必要だと言ったな。という事は、俺が空を飛んでいる自分に接近するには飛行魔法しか方法がないと決めつけている訳だ。これは利用出来るぞ。

正直、相手の射程外まで逃げての仕切り直しというのは、気分が良くないと思っていたからな。ここは正々堂々と逃げる事なく挑むとしよう。シルファリアとの会話で、アイツの魔法の欠点も見えてきたし。

動きを止めてシルファリアを見つめると、彼女が口を開いた。

「どうした？　諦めたのか？」

そんな挑発には乗らないぞ。

「これからお前の魔法を攻略する。自分の魔法に自信があるのなら受けて立つよな？」

今度は、むしろこちらが挑発をする番だ。

「……面白い。受けて立とう！」

予想どおり、プライドの高いシルファリアは俺からの挑戦を受けた。これでシルファリアはこちらの攻撃を回避しないだろう。

「だが、貴様が私に近づくのが不可能である事に変わりない！　貴様に出来るのは、防御魔法を解除し、一《いち》か八《ばち》か流星の攻撃を受けながら攻撃魔法を放つ事だけだ！　私の流星雨を、防御魔法の加護を失って耐えきれるかな!?」

シルファリアは俺に対抗手段がないと確信している。ならばその慢心、利用させてもらおう！

俺はシルファリアのほぼ真下まで行くと、一旦しゃがみ込んで魔力障壁を体の上方に収束させる。

流星雨は真上から降ってくるので、こうすればほぼ効かないのだ。それから足の守りに使っていた魔力のほとんどを足の裏に集中させた俺は、その力を跳躍力に変換して跳んだ。

飛ぶ方向は真上だ。

「無駄な事を……何!?」

余裕しゃくしゃくだったシルファリアだが、俺がグングンと上空へ上がってきたので顔色を変える。そして魔力塊の真横をすり抜けて迫ってきた俺を慌てて回避した。

ただの人間である俺が、障壁を展開させたまま飛んでくるとは思わなかったのだろう。彼女は唖《あ》然《ぜん》とした表情を浮かべていた。

俺は今、飛行魔法を使ってシルファリアの真上を飛んでいる。流星雨の追撃はない。

「くっ！　まさかそんなデタラメな真似をするとは⁉　……だが、私の魔法はどこにいようとお前を攻撃……っ⁉」

お、どうやら気づいたみたいだ。さすがに自分の魔法の欠点は理解しているようだな。

その欠点を突かれないために、シルファリアは上空を確保していたのだから。

「お前の魔法、確かに強力だが、大きな欠点がある。分かるだろう？」

「ちっ」

「お前の魔法は、魔力塊の位置が重要なんだ。位置によっては流星がお前を撃ってしまう事もありえる」

シルファリアの攻撃は俺を追尾してきていたが、彼女が流星雨と言っていたとおり雨のように一方向にしか飛んでこなかった。つまるところこの魔法の追尾機能とは、射出方向を変えられるという程度。コンピューター制御の追尾ミサイルではなく、砲塔が旋回するバルカン砲のようなイメージなのだ。

だから、シルファリアは上空で自分の真下に魔力塊を配置、そこから攻撃する事で自分に被弾する危険を封じていたのだろう。

よしこれで、後は魔力塊とシルファリアとの位置関係をキープしながら攻撃するだけだな。

そんな俺に対しておそらくシルファリアは、高速機動でフェイントを織り交ぜながら俺と位置取り合戦をしてくるだろうが、そうはさせない。今度はこちらがゴリ押しで攻めさせてもらう。

俺はシルファリアにまっすぐ突撃する。

「馬鹿正直な！」

シルファリアが回避行動を取る。だが、俺も同じ方向に軌道修正する。即座にシルファリアが反対側に動く。俺も追行《ついこう》する。

シルファリアがさらに動くように見せかけて、反対側に戻る。

フェイントだ。

だが、俺もギリギリで追いかける。シルファリアは攻撃が出来ない。俺はシルファリアの真正面を確保しながら彼女との距離を縮め続ける。接触までもう少し。彼女は魔法を発動させたままなので新しい魔法は使えない。

さらに距離が縮まる。

俺は魔法の袋から、かつて使っていた炎の魔剣を取り出す。そしてシルファリアに向かって振り抜いた。空《くう》を切った刀身から炎が飛び出し、シルファリアに向かう。

魔法剣「炎帝《フレイムカイザー》」は、その刀身に炎を宿し、剣を振れば炎の刃を放つ魔法の武器だ。

俺は炎帝《フレイムカイザー》で幾度も空《くう》を切り、炎刃《えんば》をシルファリアに飛ばす。

「舐めるな！」

だが腐っても魔王の娘。シルファリアが腕を振るうと、炎帝《フレイムカイザー》から放たれた炎刃は、彼女の身を守る魔力障壁によって雲散霧消《うんさんむしょう》してしまった。

いくら魔剣の力といえど、シルファリアの魔力障壁には敵《かな》わないらしい。

「ふん！　こんな玩具《がんぐ》で私が倒せるものか！」

シルファリアは自らが吹き飛ばした炎刃の残り火を隠れ蓑《みの》にして、真横へ移動する。

すると、俺は魔力塊の射程に入ってしまった。

シルファリアが嘲《あざけ》るように叫ぶ。

「小細工が仇《あだ》となったな！」

そんな事はない。ちゃんと炎帝《フレイムカイザー》は役に立ってくれたさ。それは後ほど明らかになる訳だが。

「終わりだ、勇者！」

魔力塊から大量の流星雨が放たれる。俺を蜂の巣にするために。

俺はとっさに横方向へ回避行動を取るも、流星雨はシルファリアの意思に従って俺を追尾してくる。

「無駄だ！」

だが――

「残念、これでもどうぞ！」

俺はあらかじめ魔法の袋から出しておいた大型の盾を突き出した。

「何っ!?」

突如《とつじょ》現れた盾に、シルファリアが驚きの声を上げる。

そう、これが炎帝《フレイムカイザー》を出した本当の理由だ。炎刃で攻撃するために出したんじゃない。シルファリアの目から、この盾の存在を隠すために出したのだ。

「だが、盾ごときで私の魔法は！」

「それはどうかな！」

盾に流星雨が叩きつけられる音が響く。中級レベルの魔法の連打を受け続ければ、いかに硬い盾といえど穴だらけになる。

そうシルファリアは思ったはずだ。

だが現実は違った。盾は流星雨にさらされ続けても、全く破壊される気配がない。

「ば、馬鹿な!?　なんだその盾は!?」

シルファリアの顔が驚愕《きょうがく》に歪《ゆが》む。無理もない、自慢の魔法がただの盾に防がれているんだからな。

だが、これはただの盾じゃない。

「魔法盾『封魔の盾《サイレンガード》』。魔法に対する防御力を高めたマジックアイテムさ」

そう、この盾もまた、炎帝《フレイムカイザー》と同じくマジックアイテムだ。

かつて魔王を倒すための旅の中で手に入れたアイテムの一つであり、タンスならぬ魔法の袋の肥やしとなっていた品である。

もっと早い段階で出せば良かったんだが、ぶっちゃけた話、しばらく使っていない間にその存在を忘れていたのだ。何しろこれを手に入れたのは旅の中盤頃だったし、使わないアイテムってどんなのがあったのか忘れちゃうよね。

ともかくこれで流星雨の攻撃は完封出来る。

シルファリアの魔法は、起点である魔力塊から放射状に魔力弾を雨のごとくばら撒《ま》く。目の前で大きな盾を構えていれば、魔法が拡散する前に全部盾に当たって防げるのだ。

「くっ！　ならば全力でその盾を破壊してくれる！　それに、貴様もその盾を構えている間は攻撃が出来まい！」

はっはっはっ、そう思うだろう。

魔力塊が輝き、先ほど以上に激しく大きな流星雨が、封魔の盾《サイレンガード》に叩きつけられる。

盾はなんとか耐えているが、攻撃の勢いは激しい。ついに盾は吹き飛ばされてしまった。

ただし俺ごと。

シルファリアの方向へと。

「な、何⁉」

まさか俺そのものが吹き飛ばされてくるとは思いもよらなかったのだろうな。

というのも俺は、盾を斜めにする事で吹き飛ばされる勢いを利用し、封魔の盾《サイレンガード》の裏にサーフィンのように乗ったのだ。一発一発が中級魔法に等しい威力を持つ流星雨の連打に抗うように、そのまま進んでいく。

勿論《もちろん》、酔狂《すいきょう》でこんな曲芸まがいの行為をしている訳ではない。俺は魔力を両の拳に集中させる。

右手の親指に火、人差し指に風、中指に水、薬指に土、小指に光。

そして左手の親指に雷《かみなり》、人差し指に氷、中指に霊《れい》、薬指に空《くう》、そして小指に闇《やみ》の一〇属性を纏《まと》わせ、左右から同時にシルファリアを殴りつけた。

「テンエレメントブロウ‼」

「っ⁉ ファ、ファントムイリュージョン‼」

俺の両手から放たれた、尋常ならざる魔力の奔流《ほんりゅう》。それを感じ取ったシルファリアは、即座に流星雨の魔法を解除。空間属性の魔法で、己の存在をここであってここではないズレた次元へ避難さ

せた。

それは、通常ならばあらゆる物理攻撃及びエネルギー系魔法から身を守る大魔法。そいつをシルファリアは、マジックアイテムの補助を活用して速攻で発動させたのである。

だが、あいにくと俺の魔法攻撃には無意味である。

俺の魔法は、一〇属性同時攻撃。

かつて俺は、魔法戦闘で属性防御をされるのを面倒だと考え、全ての属性を同時に放つ事を思いついた。いわゆる全部乗せ攻撃だ。こうすれば、一つの属性が防がれてもそれ以外が全て当たる。

シルファリアの空間防御魔法は、俺の空間属性攻撃で無効化され、さらに残り九属性の魔力が彼女を襲う。

火が彼女の身を守る魔法のドレスを燃やし、風が音を封じて呪文詠唱を阻害《そがい》し、水の蛇《へび》と土が四肢を拘束し、光が視界を奪いさらに聖属性ダメージを与え、雷が体を痺《しび》れさせ、氷が四肢を拘束していた水を固めて一切の身動きを取れなくした上に、寒さで動きを鈍《にぶ》らせる。

そして霊属性が魂にダメージを与え、闇属性が彼女の魔力を削り取ったところで、俺は動けなくなって落下を始めたシルファリアの体を抱き止め、地上へと下ろす。

その結果。俺の目の前には、裸《はだか》同然にひん剥《む》かれ、痺《しび》れて体の自由が利《き》かなくなり、魔力を著《いちじる》しく奪い取られた挙句、魂にダメージを受けたせいで意識も朦朧《もうろう》としている魔王の娘が、気絶寸前の有様《ありさま》となってその体を固定されていた。

どうでもいいが、いや、どうでもよくないが、完全に犯罪のにおいしかしないな、この魔法。

元々は強力な敵を拘束するために作ったはずだったんだが。相手が女の子なだけに、メッチャ背《はい》徳感《とくかん》が漂っている。一応言っておくが、服を燃やしたのは武装を破壊して無力化するためだからな。決してそっち目的じゃないぞ！

「その有様じゃもう反撃なんて出来ないだろう。大人しく降参しろ」

気を取りなおしてシルファリアに投降を勧める。つーか降参してくれないと、俺の理性が持たなくなる。さすがに拷問《ごうもん》とかする訳にはいかないしなぁ。まぁ特に拷問する理由もないが。

「……くっ、殺せ！」

「っ!?」

な、なんつー危険な台詞《せりふ》を口にするんだ、このお姫様は！

あれか？　魔王の娘だから姫騎士属性があるのか？　いや、姫騎士属性ってなんだよ!?　エロい属性なのか!?　いや確かに最初からエロい格好してたけどさぁ！

思わず「くっくっくっ、殺せだと？　ふっ、そんな生易《なまやさ》しい真似などせぬ。貴様には絶望を味わってもらうのだからなぁ！」とか言いたくなったわ！　そんな事言ったら人として色々引き返せなくなるわ！

「えーと……そ、そうだ！　『貴様が勝ったら私を好きにするといい』って言っただろ！　だったら、素直に負けを認めろ。負けを認めて生き残るのも王族の大事な使命だろうが！」

我ながら良い事を言った！　言った気がする！　このノリだと本当にエロい事をしてしまいかねん！　したいけどね！　だって目の前に半裸の美少女がいるんだよ！　褐色肌《かっしょくはだ》もいいよね！

「……ふん、ここまで辱《はずかし》められた上に戦いに敗れた魔王の娘など、誰が支配者の器《うつわ》と思う？　いや、支配者の器どころか、女としてももはや取り返しがつかんわ。さあ、私を好きにするがいい」

いや、だってねぇ。ほらノリというかなんと言うか、貴様が勝ったら私を好きにするといいなんて言われたら、ツイツイ張り切っちゃうに決まってるじゃないか。

しかし抵抗出来ない相手を無理やりというのは、さすがにやらないよ。俺がスルのはあくまでお互いに合意の上で、相手が望んでいる時だけだ。

「望まない相手とする気はないよ。あいにくとそこまで飢えてないんでな」

それは本当だ。今の俺には、望めば相手をしてくれる女の子が数百人単位でいる。わざわざ勇者としての名声を捨ててまで無理やり襲うメリットがない。

「なら、私が望めば抱くというのか？　世界を支配しようとした魔王の娘であるこの私も？」

ややもすれば自嘲《じちょう》気味にも聞こえる感じでシルファリアが質問してくる。女として自信がないのかな？　いや、それとも勇者との戦いに負けた事で、自分には価値がなくなったと思っているのか？　魔族といえば力こそが全てだ。そういう考えが魔族的には普通なのかもしれない。

「ああ、君が本気で俺に抱かれたいと思うのなら俺も遠慮なく抱くぞ」

「……」

まさかそう来るとは思わなかったのか、シルファリアが目を丸くする。

「勇者というのは、清廉潔白《せいれんけっぱく》な人間だと思っていたのだが、意外と俗《ぞく》なんだな」

「清廉潔白だったさ、勇者として戦っていた時はね。今はもう勇者として戦う必要もなくなったからな。貰《もら》えるお礼や好意は素直に頂く事にしたんだ」

厳密に言えば、以前は貰っている暇すらなかったというのが正しい。

「ふ、ふふふ、ふはははは！」

シルファリアが豪快に笑いだす。だが、半裸で拘束台に固定されたままのシルファリアが笑うと、その素晴らしいおっぱいがバルンバルンと揺れて目の毒というか猛毒状態だ。

俺の理性のゲージが凄い勢いで減っていく。むしろ早くゼロになれ。

「ならば私を抱いてくれ。魔王の姫である私を抱いてお前の子を授けてくれ。私は敗者としてお前に身も心も捧《さ》げる。だからお前も勝者として私の身も心も抱いてくれ。これが魔族の姫である私からの勇者への敬意だ！」

「よし分かった！　正直もう限界だったのでありがたくいただきます！」

俺はピョーンとジャンプして臨戦態勢に入った。地上には人形の輪郭を保《たも》った俺の服が立っている。

「だがその前にこの拘束を……って!?」

シルファリアが何かを言ったような気がしたが、いい加減我慢の限界だった俺にはよく聞こえなかった。

だって金髪褐色の美女の裸だぜ？　しかも魔族娘は初めての相手だし。

「ちょ、ま、だから拘束を……」

拘束された女の子と合意で楽しむのも、なんだかそういうプレイって感じがしていいよね。外せって言わなかったし、外す必要もないよね！

「いっただっきまーす!!」

「だっ、まっ!?」

こうして、俺は魔王の娘と和解。その直後に、合意の上、エロい事をしまくったのであった。その後、魔王の娘が一言。

「ううっ、変な趣味に目覚めてしまったらどうしてくれるんだ……」

◇

「という訳で、トウヤの愛人になったシルファリアだ。よろしく頼む」

俺の腕に抱きつくシルファリアが、太ももまで俺に絡ませながらエアリア達に挨拶をする。

俺は、まるで抱き枕のような状態である。

「随分《ずいぶん》と仲が良くなったのね。そんなに情熱的に抱きつかれるほどに」

冷たくそう言うエアリアの視線が痛い。視線に物理攻撃力があるのではないだろうか？

「私の体はもはやトウヤのもの。全身を拘束されて激しく愛されるのは、はっきり言って新しい世界が開けるぞ！」

開けてはいけない扉を開けてしまったシルファリアが、息を荒くして俺の腕に頬ずりしてくる。

やべぇ、エアリアがヒロインとは思えないような恐ろしい目つきで睨んでいる。

「貴女《あなた》、魔王の娘なのに勇者の愛人になるってアリなの？」

また聞きづらい事をズバリと聞くなぁ。

「ふ、魔族は力こそ全て。故にトウヤを恨む気持ちなどない。むしろトウヤの子供を孕《はら》んで次代の魔王にするつもりだ」

お、おおう。おっとこ前な台詞でありながらも、自らのお腹を慈愛《じあい》に満ちた微笑で優しく撫でるシルファリア。そんな彼女からは母性さえ感じられたが、待って、まさか子孫繁栄魔法とか使ってないよね？

「……ですが、魔王の娘ですか」

そう呟《つぶや》いて、ミューラが何とも言えない顔をする。

平和主義者なミューラの事だからてっきり、生まれてくる子供が人間と魔族が仲良くなる橋渡しをしてくれる、とか言って喜んでくれると思ったんだが。

「何か問題でもあるのか？」

「大ありよ！」

と叫んだのはエアリアである。

ミューラが冷静に告げる。

「シルファリアさんは魔王の娘です。これまで魔王は魔族を率いて人間の国々を好き勝手に襲ってきたのですから、シルファリアさんがトウヤさんのそばに、いえ人間の領域にいる事にさえ、人々は良い顔をしないでしょう」

坊主憎けりゃ袈裟《けさ》まで憎い、いや親の因果《いんが》が子に報《むく》うって訳か。

それにもかかわらず、シルファリアがあっけらかんと言う。

「私は気にせんぞ。むしろ私としては、トウヤに魔王の座を継いでほしいとすら思っているからな」

「なっ⁉」

なんという事を……

「なんていう事を言うんですか、貴女は！」

部屋の中に甲高い怒声《どせい》が響き渡った。

「サリア……」

そう、今怒鳴ったのは、かつて魔族によって滅びた国、トゥカイマの王女であったサリアだった。

「トウヤ様は勇者です！　魔王になんてなりません！　魔王の親にもなりません！」

サリアが凄い剣幕でシルファリアを怒鳴りつける。今までの物静かなサリアからは、とても考えられない激しさである。

シルファリアがさらりと言葉を返す。

「そんな事を言ってもなぁ。私を愛人にすると決めたのはトウヤだ。その証《あかし》もたっぷりと貰ったぞ」

自分のお腹を撫でてサリアを挑発するのはやめなさい。

「っ‼」

まさに一触即発。だが、戦闘に向いていないサリアが挑んでも無駄死にするだけだろう。シルファリアもソレを分かっていてサリアを挑発したのか？

部屋の中は、これまで考えもしなかったほどに殺伐《さつばつ》とした空気になってしまった。どうしよう、これ何を言っても禍根《かこん》しか残らない流れだ。ああ、神よ、どうか我を救いたまえ。

「……」

エアリアが「全部アンタが招いた事なんだから自分で何とかしなさい」と言っているかのような目で俺を見る。

「……」

厳しいエアリアの視線から顔を背《そむ》けた俺は、ミューラに助けを求めるべく目で合図を送ると、ミューラは残念そうな顔をして目をそらした。一瞬合ったその目は「自業自得なので擁護不可能です。せっかく平和になった世界にいらぬ軋轢《あつれき》を生むのは間違いないので、ご自分の責任で話を纏めてください」と語っていた。

……仕方ない。こうなったら本当の意味で最後の手段だ。

「サリア、シルファリア、付いてきてくれ」

俺は、サリアとシルファリアを呼んで部屋を出る事にした。

その前に振り返って一言。

「エアリア、ミューラ、数日ほど部屋に閉じ籠《こ》もるけど、絶対に中を覗かないでくれ。絶対にだ」

「好きにすれば？」

「いってらっしゃい」

そうして、俺達は四日の間、この世界から姿を消した。

◇

五日目の朝、俺は屋敷のリビングへ姿を現す。

「あら、おかえ……!?」

久しぶりに再会した俺の姿を見て、エアリアとミューラが驚いた表情をした。

いや正確には、俺の両腕にしがみついているサリアとシルファリアを見て、だ。

二人の間には数日前に漂っていた殺伐とした雰囲気など微塵もなく、よく懐《なつ》いたワンコのように俺の腕にしがみついて頬ずりしていた。

「トウヤ様～」

「トウヤ～」

そこには、凛々《りり》しくも自信満々だった魔王の娘と、理知的だった王女の面影《おもかげ》は、かけらもなくなっていた。

エアリアが眉間《みけん》にしわを寄せて睨んでくる。

「な、何があった訳？」

ナニがあったんですよ。

「サリアさんまで……」

ミューラは信じられないといった感じでこちらを見ていた。まぁ以前のサリアの殺気だった様子を見ているのだから、信じられないのも無理はない。

「ねぇ、トウヤ、あんた一体二人に何をしたの？」

だからナニをしたんですよ。

つまり、地球産の仲良くなる方法を色々実践しただけなのである。なお、その方法はお子様には絶対に言えない内容なので割愛《かつあい》いたします。

まぁ、殺し合いの憎み合いになるよりはエロエロの方がマシだろって事ですよ。エロは世界を救うのです。

だが、そんなあいまいな説明ではエアリア達は納得しなかった。

「あとで私達もトウヤの部屋に籠もるわよ」

「水と食料を用意しておきますね」

「待って、待って……せめて数日休ませてからにしてください」

本能的に全てを察したらしいエアリア達は、俺を部屋へと連行するのであった。

それから地上に出るまでに掛かった日にちは、倍の八日でした。

自分の部屋なのに心休まらないってどういう事⁉

二人が声を揃《そろ》えて言う。

「自業自得ね」

「自業自得です」

第二話　勇者、警告される

「魔族が何か企《たくら》んでいる？」

サリア達を説得してから十数日後、すっかり我が家に居ついたシルファリアが俺に警告してきた。

それにしてもホントこいつ馴染《なじ》んでるな。ちゃっかり自分用のソファーを用意してゴロゴロしてる。

「うむ、今回の人魔《じんま》大戦《たいせん》では魔王陣営が敗北した。だが、その戦いの中で動かなかった者達もいたのだ」

「人魔大戦？」

俺は、聞き覚えのあるようなないようなその単語に違和感を覚えた。

「人間と魔族による戦争の事だ。様々な種族間で戦争は起こっているが、規模としては我等の争いが一番大きいな」

「この世界では、そんな頻繁に戦争をしているのか？」

「うむ、何せ勇者を召喚する魔法などというものがあるくらいだからな」

言われてみればそうだ。めったに争いが起こらなければ、勇者召喚なんてピンポイントな魔法は必要ないだろうからな。

「あ、思い出した！　天竜族《てんりゅうぞく》よ！　人魔大戦って天竜族が言ってたじゃない。それで地上が壊滅寸前にまでなったって！」

エアリアが声を上げた。

天竜族。かつて地上に住んでいたが、地上での愚《おろ》かな戦いにうんざりして、雲の上の浮き島に移り住む事を選んだ種族。

名前のとおり、彼等の見た目は人型のドラゴンだったが、なぜか女の子は角《つの》、ヒレ、翼、尻尾《しっぽ》が生《は》えているだけの人間型だった。それも美少女ばかりで可愛い女の子が多かったなぁ。彼等が持っていた、魔王との戦いを終わらせるというアイテムを手に入れるために色々と苦労したんだ。何せ二〇〇〇年間鎖国していた種族だ。

彼等はドが付くような閉鎖的な連中だった。そんな彼等の中にいた、外との交流を望む若者達を突破口にして、俺達は天竜族の長老達を納得させる事に成功したのだ。

しかし天竜族か。確かに彼等はそんな話をしていた。自分達は二〇〇〇年前の人魔大戦を経験して地上を捨てたのだと。

シルファリアが口を開く。

「天竜族とは古い名前だな。もはや魔族でも天竜族を覚えている者は少ないだろう。私ですら書物で知っているくらいだから、若い魔族は本物を見た事がないはずだ」

どうやら天竜族の閉鎖性は筋金《すじがね》入りだったらしい。だからこそあんな事になった訳だが……

まぁ今はその話はいい。

「それで話を戻すと、その人魔大戦だっけ？　人間との戦いに出てこなかった魔族がいて、何かしようとしてると。結局、そいつ等ってのは何なんだ？」

「厳密には戦争に出ていない訳ではない。魔王が直々《じきじき》に戦ったのだ、配下の貴族が兵を出さない訳にはいかないからな」

なるほど、あの戦いで俺が魔王に勝たなければ、後で魔王から「お前なんで援軍をよこさなかったんだ！」って責められるもんな。

「とはいえ、私は当時城にはいなかった。父上の命で戦《いくさ》から遠ざけられていたからな。あくまでも生き残りの兵から噂《うわさ》として聞いた話なので確証もない」

けど、噂に過ぎないという確証もないって訳か。

「分かったよ。誰かが何かを企んでいるかもしれないと、肝《きも》に銘《めい》じておくよ」

そこまで話を終えた俺はソファーにもたれかかる。ふんわりとした感触が俺を包み、体がゆっくりと沈み込んでいく。これ、人間を駄目にするわ。

ちなみにこのソファー、中にヘブンフェニックスと呼ばれる超高級な鳥の羽をふんだんに詰め込んだ超絶高級品で、非常に座り心地が好《よ》いと評判の逸品《いっぴん》である。エアリアが王都に注文していたものがつい先日届いたのだ。

価格は金貨一〇〇枚はくだらないが、俺の財布から支払われたのは言うまでもない。この屋敷には、他にも俺の知らない超高級家具が数多く設置されていた。エアリア曰《いわ》く、経済を活発にするためだとか。

いやまぁ、細かい買い物を任せたのは俺なんだけどさ、財産があり余っているからといって、日本円で七桁《けた》の買い物とか平気でするのは勘弁してほしい。ちょっとした大貴族みたいな買い物の仕方なんだぜ。

まぁ、エアリアも今までの旅で結構な財産を手に入れているはずだから、自分の金でも買い物しているとは思うが……してるよな？

ふと思いついて、俺はシルファリアに声を掛ける。

「シルファリア、王都に行くから付いてきてくれ」

「うむ」

俺の言葉に応え、シルファリアが立ち上がる。

「トウヤの望みだ、私はどこまでも付いていくぞ。勿論ベッドへもな」

うっとりとした表情でそう言って、先ほどまでの真剣な雰囲気を台無しにしてくれた。

「さ、行くぞ」

俺はシルファリアの発言を冗談と受け流し、その手を取って転移魔法で王都へ向かった。

シルファリアがそっと呟く。

「つれない奴だ」

◇

「で、俺の所に来たと」

やってきたのは、かつて共に魔王を倒す旅をした騎士、バルザックの屋敷だ。

シルファリアを愛人にした俺は、その報告と、彼女から警告された敵の存在をバルザックに告げに来たのだ。

「お前なぁ……そりゃあ確かに世界中の女の子と宜《よろ》しくしてこいとは言ったけどな。魔王の娘とまで仲良くしろとは言ってないぞ」

呆れたように言うバルザック。まぁ俺も言われなかったからって好き勝手しすぎたとは……思わなくもない。

「トウヤには次代の魔王の父親になってもらうつもりだ。もしくはトウヤ自身に魔王の跡を継いでもらいたいと考えている。父上を倒したトウヤなら、他の有力魔族達も反対出来ないからな」

シルファリアが誇らしげに宣言する。つーか、余計な事言うな。俺はそうなるのが嫌で、元の世界に帰る気満々だったんだぞ。

「あ、そういえば。元の世界に帰るための、逆召喚の術式の研究ってどうなったんだ？」

ある意味ではそれが本命の目的なので、戻ってきたついでに聞いておく。

「そっちに関してはまだだな。勇者の強大な抵抗力に引っかからないように術式を起動させる方法の、目処《めど》が立っていないのが現状だ」

なんという事だろう。俺が元の世界に帰るためには俺自身の力が邪魔しているのだという。

うん、前に聞いたわ。

「そんな訳で、諦めてこの世界で暮らした方が良いんじゃないかというのが、研究者達の見解だ」

それ研究するのを放棄してますやん。

「なぜ帰りたがるのだ？　お前の力ならこの世界を支配する事すら容易だろうに」

「故郷に家族がいるんだよ。だからこの世界に残る訳にはいかない」

「やはり駄目か」

バルザックは諦めたようにため息を吐く。

「だとすれば、年単位で待ってもらう事になるな。元々魔法の研究には時間が掛かるもんだ。勇者召喚関連は古い魔法な上に、国家機密として研究を禁じられていたからな」

うむむ、仕方がないか。いくら強大な力を持っていたとしても、俺は魔法研究に関しては素人《しろうと》。ここはプロの仕事を待つしかあるまい。

「ともあれ、陛下には俺から連絡しておく。伝えてほしい事はあるか？」

そうだなぁ。何か言っておいた方がいいか。

「あー、俺はあくまでも元の世界に帰りたい。だからこの世界に長居する気はないし、シルファリアを愛人にはしたけど、魔王の跡を継ぐ気もない。それでも俺が万が一にも魔王になるのが怖いのなら、世界中の賢者達を集めて、俺が元の世界に帰れるようにしてくれっつっといてくれ」

「またギリギリの要求だな。各国がそう簡単に自国の賢者をよこすと思うのか？」

バルザックは呆れたように言って、ワインをあおる。

「さぁね。だが俺を恐れつつも利用したいと思っているんだから、お互いの利益を考えれば賢者達を貸し出しても十分な元が取れるだろ」

「お前の異世界の知識目当てでか。お前も駆け引きが分かるようになってきたか。感慨深いねぇ」

わざとらしく「感動した」と言いながら、バルザックは二杯目のワインをあおった。適当すぎるぞおっさん。

「じゃあ俺は城に行ってくる。お前等は王都でデートでもしてきたらどうだ？　勿論その羽やら角やらは隠してもらわんといかんがな」

と言い残してバルザックは屋敷を出ていった。後は待つだけか。

「ふむ、それではデートとやらに行くとするか」

そう言って、シルファリアがやにわに立ち上がり俺の手を取る。

個人的にはダラダラする気満々だったのだが、シルファリアがこうまでノリノリなのでは仕方ない。俺は彼女を連れて、王都でのお忍びデートをする事にした。

「夫から話は聞いたわ。私がシルファリアさんのお洋服をコーディネートさせてもらうわね」

決意した直後、バルザックの奥さんが応接室に入ってくる。その後ろには様々な服を持ったメイドさん達の姿もあった。

「じゃあ早速お着替えタイムに入るから、トウヤ君は外で待っててね。魔族の女の子のコーディネートなんて初めてでお姉さん張り切っちゃうからー」

と言われるや否や、俺は押されるように部屋から追い出されたのだった。

「トウヤ様、お茶のお代わりはいかがでしょうか？」

部屋の外で待機していたバルザックの執事が、イスとテーブルを用意してお茶を勧めてくる。

「あ、貰います」

執事さんの優しさが身に染みるぜ。

第三話　勇者、デートをする

「い、いくぞトウヤ！」

　復興の始まった王都の中を、俺の腕を引っ張って進むのは、愛らしいフリフリのドレスを着た美女だ。

　美しい金髪とこの地方では珍しい褐色の肌、それに腰まであるケープマント。何より目立つのは、丸いキノコのような帽子だ。まるで童話の世界からやってきたような不思議で可愛いらしい姿。それこそが、魔王の娘シルファリアの今の姿であった。

　今の彼女はこれまでのセクシーなドレスではなく、愛らしい衣装に着替え、セクシーレディからファンシーガールへとクラスチェンジを成し遂げていた。

　というのも、彼女は魔王の娘である前に魔族だ。そのため、この町でデートするには魔族の特徴である羽と角を隠す必要があった。

「人間の衣装というのは気恥ずかしいな」

　シルファリアが顔を真っ赤にしながら歩く。着慣れない人間の衣装に戸惑いを隠せないみたいだ。

ぶっちゃけさっきまで着ていたドレスの方が恥ずかしいのではないかと思うのだが、魔族と人間ではそこら辺の価値観が違うのだろう。

だが、その恥じらう振る舞いが愛らしい衣装をさらに引き立て、道行く人の視線を独占している事に彼女は気づいていない。

「似合ってるよ、シルファリア。とても可愛いよ」

「……っ⁉」

一瞬、何を言われているのか理解出来なかったらしいシルファリアだったが、僅かに遅れて言葉の意味を理解し、全身が茹蛸《ゆでだこ》のように真っ赤になる。ただでさえ褐色で目立っていた肌がさらに際立ってしまう。

「あ、あう……か、可愛い……」

どうやら可愛いとは言われ慣れていないらしく、シルファリアのキャパは早くも決壊寸前であった。

「飲み物でも買って町を散策しよう」

俺は手近な露店で飲み物を二つ買ってから、シルファリアの手を取って町中を歩いていった。

「この先には中央噴水があって、町の人達の憩《いこ》いの場になっているんだ」

「噴水か……ま、魔族の町にも噴水はあるぞ」

「へぇ、そっちにもあるんだ」

「それに魔族の町には庭園もある。季節に応じた花が庭園の各区画で咲き乱れる様は見ものだぞ」

「なんか凄そうだなそれ」

「ああ、凄いぞ！」

始めは緊張していたシルファリアだったが、お互いの種族が暮らす町について話したりしているうちに、少しずつ緊張がほぐれていった。

「ほら、もうすぐ中央噴水だ」

俺達は、町の大通りの途中にある中央噴水までやってきた。だが、そこにあったのは俺のよく知る中央噴水ではなかった。

「あれ？」

「これは……壊れているな」

シルファリアの言うとおりだった。かつて王都に暮らす人々の心を潤《うるお》してくれた中央噴水が、見るも無残《むざん》に壊れていた。真っ二つである。

本来ならこの噴水の先端から水が噴出し、綺麗な円を描いて人々を楽しませてくれるのだが。哀れにも壊れた石柱は、その役目を放棄して眠りについていた。

「せっかく見に来たのにな」

おそらく、魔王四天王・風のバーストンが行った魔界大儀式で活性化した魔物の仕業《しわざ》だろう。

アイツの行った儀式がどれだけ危険なものだったのか、この壊れた噴水からもそれがうかがえる。

アイツは魔界の存在を呼び寄せると言っていたが、呼び寄せたとして本当に操れたのだろうか？

魔界が一時的に繋がった余波だけでも、これだけの影響を及ぼしてるのだ。もし計画どおりにいっていたら、ろくな結果にはならなかっただろう。

「なぁトウヤ、あの者達は何をしているのだ？」

シルファリアが指差した先では人だかりが出来ており、人々がその先にいる誰かを見ていた。

俺達の視線の先には、三人の男達が梯子《はしご》に登ってバランスを取ったり、仲間の上を登ってポーズを取ったりしていた。

「あれは、大道芸人かな？」

「芸人といって、珍しい芸をしてお金を貰う人達だよ」

「ほう、芸人……」

魔族の間では芸人という存在はいないのか、シルファリアは彼等を興味津々に見つめていた。

よくよく見ると、中央噴水の跡地には多くの芸人達がいた。

噴水の機能は壊れても、その設備の本来の役目である、人の憩う場としての機能は失っていないみたいだ。

「なぁトウヤ」

芸人達を見ながらシルファリアが言葉を発する。

「なんだい？」

もしかして芸人に憧れたとか？　魔王の娘が目指す職業かは分からないが、なりたいというのなら応援するのもやぶさかではない。

そんな風に考えていたら……

「あの中に魔族がいるぞ」

「……へ？」

しかし、その答えは俺にとって予想外のものだった。

「本当か？」

「ああ、間違いない」

俺の見える範囲にいる人達の中には、シルファリアのように角や羽を隠している者は見当たらない。多くが薄着の芸人達ばかりだ。

「変身魔法だな。魔法で姿を変えて普通の人間のように見せかけている。おそらくだが、魔族以外の種族もいるぞ」

「よく分かるな」

俺の褒め言葉に、シルファリアが誇らしげに胸を張る。胸を張る。

「ふふふ、そうだろうそうだろう。何しろ私はお前の役に立つ愛人だからな。お前のために何でもしてやるぞ。何でもシテやるぞ？」

こんな所で艶《つや》っぽい目をするのはおやめなさい。

「で、誰がスパイなんだ？」

「全員だ。この場にいる芸人は全て黒だな」

わーお。

まさか芸人が全員、魔族を始めとした多種族のスパイだとは思わなかったぜ。捕まえておいた方がいいのかなぁ。

が、シルファリアが警告してくる。

「捕まえようなんて思うなよ。お前なら全員を即座に戦闘不能に出来るだろうが、ここにはいない連中が警戒するぞ。最悪逃げるために市民を攻撃する可能性もある」

う、それは困るな。

「そもそも密偵《みってい》というのは戦いが始まる前の平和ボケしている内から潜《もぐ》り込ませるものだ。魔族以外の種族の密偵もな。勿論他の国の人間もだ」

あー、それは分かるわ。日本もスパイ天国って言われてたもんなぁ。

「ここで手に入る情報は、市民の生活水準や噂など重要度が低い。それに、いつでも新しい密偵を送り込める場所だ。だから今は放置しておいて問題ないだろう。むしろここで密偵狩りをしたらトラブルしか発生しない。例えば、他国の密偵同士の縄張り争いがなくなり、特定の国家や種族の密偵が自由に行動出来るようになる。そうなると、大店《おおだな》の商会に潜り込んだ密偵のいる店が力を増し、金を差し出す事で有力貴族に働きかけやすくなるといった不都合が生じるようになる」

おおう、よく分からないが、スパイ数人でそんな問題が起こるのかよ。

「密偵は利用しろ。どうせ虫のようにポコポコ湧くんだ。ならば有効活用しないとな」

これ、この国の人間は気づいているのかなぁ？

「心配するな。この国の人間も他の国に密偵を放っているさ」

ファンタジー世界でも人間の欲望はなまぐさいなぁ。

「ともあれ、連中の芸は本物だ。各国の住民に受け入れられるように技を磨《みが》いているみたいだからな。今はそれを楽しませてもらおうじゃないか」

意外に神経が太いぜ。っていうか、さすがは魔王の娘。スパイの事とか政治にも詳しいんだな。

◇

「陛下にそのお嬢ちゃんの事は伝えたぞ」

デートを終えて屋敷に帰ってきた俺達は、同じく城から帰ってきたバルザックと夕食を食べながら今後の話をしていた。

「で、王様達は何だって？」

「頭を抱えていたよ」

ですよねー。

「とりあえずはお前達との会見を望んでいる。今後魔族は人間とどう接したいのか、などの情報を得たいという事だろうな。ところでこのポテトサラダは最高だな、さすがは俺の妻が作っただけある」

なるほど、それなら魔王の娘であるシルファリアは絶好の交渉相手という訳だ。

「まぁ、私は魔王の娘であっても領主ではないからな、権力はあるようでいてないぞ。それにトウヤにコテンパンに負けて愛人となった身だ。私を魔族との交渉材料にする事も出来ない。確かに芋料理といえば雑という印象だが、他の野菜なども入っていてなかなか繊細《せんさい》な気配りを感じる」

それだと俺が無理やり愛人にしたみたいじゃないですかー。

「我々もそこまでは望んでいない。ただ、魔族の王族たる君なら、残った魔族の貴族の考えも分かるのではないかと思ってね」

「役に立つか分からない見解で良ければお教えしよう。このソテーは美味いな」

「感謝する。ふふふ、俺の妻の自信作だからな」

どうでもいいけどお前等、真面目な話と飯の感想を一緒に言うなよ。ちなみに打ち合わせを兼ねた食事なので奥さんは同席していない。まったくもって気の利く人だ。

「という訳で、トウヤ、お前の責任は重大だぞ」

「え？　俺？」

いきなり俺に話が振られて驚いた。俺に何をしろと？

「いいか、シルファリア嬢は魔王の娘だ。そしてお前の話では武闘派でもある。だから陛下達を守るためにお前がシルファリア嬢を監視し、陛下達の安全を守るんだ」

「え？　マジ？　そういうのって城の騎士の役目じゃない訳？」

だが、バルザックはわざとらしくため息を吐く。

「お前なぁ、魔王の娘だぞ。実際に戦闘になれば、貴族クラスの魔族を相手に一般兵が敵《かな》う訳がないだろう。近衛騎士《このえ》が出てきたとしても、彼らは陛下の他に大臣達も守らなくてはならない。一般兵を始めとして周囲に犠牲が出るのは必至だろうさ」

あー、そういうモンなんだ。俺的にはノリでシルファリアを全裸に剥いてしまったので、あんまり苦戦したって気がしないんだよなぁ。

「分かった。ちゃんと監視する」

「頼むぞ。それじゃあ明日の昼に城へ向かう」

「ああ、分かった」

「あと、後日一人で城に来て、姫君や貴族の娘達の相手もするように。彼女達はお前の愛人なんだからな。たまに相手をしてやらないと、拗《す》ねて俺に苦情が来る」

「待った、何で姫様達が俺の愛人になってるんだ？」

そんな覚えはないいんだが。

「全員と楽しんだだろ？　あの時点で全員勇者の愛人扱いだから」

マジ!?　でもアレは、俺の血をこの世界に残すための取引だったんじゃねーの!?

「ぶっちゃけ、お前はいつ元の世界に帰れるか分からんからな。お前がこの世界に残る事を決めた場合、自分達の国に定住してくれるように姫様達も必死なんだよ」

おおう、そういうのが嫌だから帰りたいんだがな。

「英雄として祭り上げられる代償だな。ちゃんと相手をしてやれ。お前が相手をして姫君達を大切に思っていると伝えてやれば、各国の王達もお前が敵に回る事はないと少しは安心する」

と言ったのはバルザックではなく、シルファリアだった。

「いいのか？」

俺が聞くのもアレだが、一応シルファアリアは俺の愛人だしな。他の女の所に行く事に気分を悪くしないのだろうか？

「英雄に女が群がるのは当然だ。しかも国家の思惑が絡んでいるとなればなおさらだ。連中はお前が敵になる事を何よりも恐れている。魔王を倒した英雄だからな。だがそれと同じくらい、お前を利用したいとも思っている。だからお前は自分の身を守るためにも、姫君達を可愛がってやれば良いのだ」

とってもクレバー。

「それに私は魔族だからな。時が経ち、他の姫君達が老いても私は若いままだ。男として、若い愛人は喉《のど》から手が出るほど欲しいだろう？」

わー、なまぐさーい。でも確かにそうだよな。

「そこへいくと、お前のもう一人の愛人であるハーフエルフ、あれも賢いな」

ハーフエルフ……エアリアの事か？　エアリアが賢いというのは一体どういう意味だ？

「聞けば、アレがお前の最初の愛人だったそうではないか。それが、他の女を許容する器の広さを見せたという。なるほど良い手だ」

え？　そうなの？

「ハーフエルフはエルフほどではないが寿命は長い。だがそれなりに老いる。人間として老いるお前よりも、ゆっくりではあるが老いる女」

シルファリアが一息吐きつつワインをあおる。

「それは全く老いが見えない愛人相手では感じない、老いる者同士の共感を生み出す。そしてお前の死が近づく頃には、まだ若さを保ちつつも成熟した精神を宿した女が、お前の最期《さいご》を看取《みと》ってくれる。それも最初の愛人がだ。どうだ？　男にとって理想的な死に様ではないか？」

むぅ、若い奥さんが最後まで看取ってくれる、確かに男としては本懐《ほんかい》と言える死に様かもしれない。

「良い愛人を得たものだ。父上にはそんな出会いがなかった事が悔やまれる」

つまり、最後にはそこそこの若さを保ったエアリア大勝利という事か？

だから俺が愛人を持つ事を許してくれたと？

そう考えると……

「女の計算怖えー」

としか言えないんですけど。バルザックは完全にスルーを決め込んでいるし。

「そうか？　私はそこまでしてもお前をこの世界に止《とど》めたいという、健気《けなげ》な女だと思ったが？」

む、そういう考えもあるのか。

だが……俺は元の世界に帰らないといけない。

「向こうには、家族が待っているんだよ」

父さん、母さん、それに妹が待っているんだ。

「まぁ、お前の人生だ。好きに生きるといい。私としては、帰る前に子供さえ孕ませてくれればそれで問題ない」

結局そこに行き着くんですね。

第四話　勇者、国王に謁見《えっけん》する

翌朝、バルザックにエスコートされて城へとやってきた俺とシルファリアは、謁見の間《ま》で王様と面会をしていた。

「勇者よ、その者が魔王の娘か？」

「はい、彼女が魔王の娘シルファリアです」

俺がシルファリアを王様に紹介すると、彼女は自ら自己紹介をした。

「シルファリア・ルゥ・デ・ガレスだ、人間の王よ」

今日のシルファリアはいつもの赤いドレス姿だ。冠のような角も背中から生えた羽も丸出しで、魔族である事がバレバレだ。まぁ、さすがにバルザックの館《やかた》から城までは、混乱を避けるために帽子とハーフマントで隠してたんだけど。

「う、うむ」

王様もさすがにやりにくそうだ。

しかし気になるのは、ここにいる人間達だ。何やら見覚えのない連中がいる。

俺も城の人間全てを知っている訳ではないが、こうして国王に謁見する時のメンツというのは、大抵決まっているのだ。

だというのに、今回のメンツは半分くらい知らない……いや、どっかで見た事があるような気もするのだが……

「バーデル陛下、挨拶はその辺で、本題に入りましょう」

見覚えのない連中の一人が、国王に意見を述べた。王様に勝手に話しかけられるあたり、この男は上位の貴族なのだろうか？　通常、一部の大臣や宰相《さいしょう》などでなければ、王に話しかけるなんて不《ふ》敬《けい》はしてはいけない。しかし、目の前の男はそれを行った。

「そうであるな。ではシルファリア王女よ、そなたがなぜ勇者と接触したのかを教えてもらおうか？」

しかし王様は怒る様子もなかった。それはともかく、シルファリアが返答する。

「簡単な事だ。父上を倒した勇者を倒して、魔王の座を継ぐつもりだった」

「勇者を倒す事で、そなたは魔王になれるのか？」

「そうだ、魔族は何より力を信奉する。故に魔王である父が死んだ今、勇者を倒した者が最も魔王に近い存在になる」

迷惑な話だなぁ。

「では、今後、勇者殿を狙って魔族が襲ってくるという事かね？」

今度は別の貴族が国王に代わって質問してきた。何なんだコイツ等？

「いや、その可能性は低いな。勇者は父を倒した豪《ごう》の者だ。さらには四天王も全て倒している。そのような相手に戦いを仕掛けても殺されるだけだ。故に表立って勇者を殺そうとする者はいないだろう。むしろ元の世界に帰ると言っているのだから、帰るまで待つのが最良だ」

それからシルファリアは「魔族の寿命は人間よりも長いからな」と、付け加えた。

確かに相手がどれだけ強くても、自分達よりかなり寿命が短いのならばわざわざ戦う必要もない。長期的な戦略で考えると、魔族の戦い方は犠牲の出ない優れた策であった。

「となると、勇者殿には元の世界に帰らずこの世界に残留してもらうのが正解か？」

こらこら、勝手な事抜かすな。俺は元の世界に戻るんだよ。

「現実的ではないな。トウヤがこの世界に残ったとしても、トウヤが寿命で死ぬのを待てば良い」

これもさっきの、元の世界に帰るまで待つ戦法の亜種だな。

「それでは、勇者殿がいなくなったら我々は魔族に蹂躙《じゅうりん》されてしまうではないか」

「いや、今の内に魔族に戦争を仕掛けるのはどうか？　我々も疲弊《ひへい》しているが、勇者殿がいる今ならば、魔王を欠いた魔族など恐るるに足らず！」

勝手に俺を勘定に入れて戦争をしようとしないでほしいな。

「魔族が全力で隠れたらどうするのだ？　逃げに徹した魔族を勇者が生きている間に殺しきれるのか？」

　ああ、逃げに徹した魔族って面倒くさいんだよな。とくに転移などの移動魔法が使える連中を追うのは本当にメンドイ。基本そういう奴等は回避能力が高いのだ。だから連中を倒すには絶対必《ひっ》中《ちゅう》魔法の使用が必須になる。

　ちなみに絶対必中魔法というのは、俺が考案した勇者魔法で、自分の魔力を相手に引っ付けてマーキングし、どこまでも敵を追いかけるという追尾補助魔法の事だ。

　やり方は簡単。敵に触れて魔力の糸を繋げる。そして逃げる敵に対し、マーカーである魔力糸を伝って魔法攻撃を放つと、敵の元へ自動的にたどり着くという魔法だった。魔力糸は、大量の魔力でマーカーを吹き飛ばさない限り切れる事はない。

　けど、それをエアリアに教えたら、そんなアホみたいな魔法が使えるかと怒られてしまった。そんな魔法、勇者以外に使えないわよ、とご立腹だったのを覚えている。

　なお、後日出来たわよーと似たような魔法を開発された時は、理不尽だと思ったものだ。叱られ損じゃないかと。

「ふぅむ、では、魔族を根絶するのは不可能という事か。困ったのう」

　おい王様、目の前に魔族の姫がいるのに、アンタすげぇ事言うなぁ。

「そのような事をせずとも、魔族と戦わずに済む最良の方法があるぞ」

シルファリアが胸を張って言う。

「勇者であるトウヤが魔王の座を継げば、魔族は皆従うぞ」

待って、ソレはアカン。それをやったら、魔王が俺に警告した内容が現実化しちゃう。「だが、その力が故に貴様はこれから絶望に襲われるであろう……」という、魔王の言葉どおりに、俺は人間達から疎《うと》まれてしまう。

「……なるほど、その手があったか」

え？

「勇者殿が魔王の後継者となって魔族を統率すれば、我々も安心して過ごす事が出来る！　それは名案だ！」

貴族達が口々にシルファリアの案を褒め称え始めた。

待って、それはおかしくない？　俺が魔王になんてなったら、アンタ等不安にならないの⁉

「うむ、では勇者よ。世界各国の代表者達も賛同してくれた。お主が魔王となってくれるな？」

待って、皆なんでそんなに俺を魔王にしたがるのさ。あと、世界各国の代表ってどういう意味さ⁉　まさか、この場にいる偉そうな奴等って各国の代表者なのかよ。

「……あ」

と、その時、俺の後ろに控えていたバルザックが小さく声を上げた。このおっさん何か思い当たる事があったのか。

ともかく俺は、その場で出来る精一杯の返答をしておいた。

「す、少し考えさせてください」

「うむ、そうであるな。勇者からすれば重要な問題だ。今日は城に泊まり、じっくりと考えるがよい」

こうして、俺は魔王になるか否かの選択を強いられる事になったのだった。

◇

「俺は元の世界に帰るんだ。魔王になんてならないぞ！」

謁見が終わり、城内に用意された部屋へ案内された俺は、早速バルザックとシルファリアに抗議した。

そこへ、シルファリアが告げる。

「まぁ落ち着け。ずっと魔王でいろという訳ではない。お前に魔王になってもらいたいのはこの世界にいる間だけだ」

「え？」

どうやら俺が元の世界に帰ろうとしている事を、了承してくれるらしい。

「魔王を倒した勇者であるお前ならば、他の魔族達も表立って反対はせん。と言うより、出来ん」

まぁ、力こそ全ての魔族なら確かにそうかもな。

「だから、お前が魔王になればその間は平和だ。そして、お前が元の世界に帰る前に私がお前の子供を産めば、その子供を後継者として擁立する事が出来る。勿論お前が子供を後継者として指名するのだ。後は、魔王となった子供に人間と五〇年ほど休戦協定を結ぶと言わせれば、しばらくは平和になる」

「ん？　何で五〇年なんだ？」

望むのは恒久的な平和じゃないのか？

「人間と魔族が本気で和解出来るとは思っていない。あくまでも、お互いに戦力を整えるための時間稼ぎだ」

うっわ、したたか。

「まぁ実際のところ、私達の子供に結ばせる休戦協定を五〇年とするのは、人間の側の都合だよ」

人間の都合？　五〇年が人間にとって都合良いのか？

「五〇年も経てば、今の権力者はとっくに墓の下だろう？」

「あっ」

納得した。すっげぇ納得した。つまり国王達貴族は、問題を先送りして後の事は全部子孫に押しつけるって訳か！　汚い、貴族汚い！

「バルザック、それは本当なのか？」

俺は確認のため、バルザックにも問いかける。

「まぁ間違いないだろう。こうした人間と魔族の休戦協定は過去にも何度かあったんだ。全部の協定が守られた訳じゃないが、大体三〇年は持つ。そして、その頃には世代交代しているのも、お嬢さんの言ったとおりだ」

うわー、マジで責任を放り捨てるために、休戦協定を結ぶつもりなのかよ。

「我々魔族も寿命が長く、能力が高い代わりに、全体の個体数が少ないからな。トウヤに有力な魔族を倒された事で魔族の戦力は激減している。だから、トウヤが魔王になって魔族も保護してくれるというのなら、大抵の連中は首を縦に振るだろう。それに前にも言ったが、魔族にとって五〇年など大した時間でもないしな」

ドイツもコイツも打算ばかりだなぁ。そんな連中のために王様になれって、どんな罰ゲームだよ。

どう考えても俺には荷が重すぎる。

「トウヤが魔王になれば、魔族とその眷属《けんぞく》達がこぞって美姫《びき》を差し出してくるだろうな。理由は考えるまでもなかろう」

そ、それはそそられるな。

魔族の令嬢か。シルファリアを見ている限り、性格はともかく外見は良いだろう。どうせ地球に帰る事を考えれば、性格がハズレでも俺は困らない。だが、女には不自由してないこの状況で、女を餌《えさ》にされてもなぁ。

「あ、それよりもバルザック。さっきの『あっ』てなんだったんだよ？」

「ソレは……」

言いよどむバルザック。魔王を討伐する旅の間も隠し事なしで付き合ってきた男が、口を濁《にご》すとは、怪しいな。

「いまさら隠し事はなしだぜ。バルザックが教えてくれないのなら、俺は絶対魔王にはならない。権力者の都合で縛りつけられるのは真《ま》っ平《ぴら》ごめんだ」

「ううむ……いや、分かった。お前自身に関する事だからな」

バルザックは打ち明ける決心をしたみたいだ。これから話す事は絶対に秘密だからな、と念を押してきた。シルファリアには退室してほしかったみたいだが、彼女がバルザックに耳打ちすると、バルザックは目を丸くして驚き、その直後に大きなため息を吐きながら肩を落とした。

一体何を言われたのだろうか？　結局バルザックはシルファリアを説得するのを諦めて、話す事にしたらしい。

「いいかトウヤ。そのお嬢ちゃんも大体知っているようだからバラしちまうが……これまで勇者召喚で呼び出された勇者達は、大きな使命を果たしてきた。しかしだ、その役目を終えたら、勇者はどうなると思う？」

「役目を終えたら？」

おかしな質問をする。役目を終えても、勇者は勇者だろう。

それとも、肩書きが元勇者にでもなるのだろうか？

バルザックが声を潜めて続ける。

「勇者がその役目を終え、新たな生活を始めると……」

「始めると？」

そこでバルザックは一旦言葉を止め、俺の目をじっと見つめた。

「勇者は、その強大な力を失う」

「な、何だって!?」

「……事もある」

バルザックのとんでもない発言に、俺は驚きの声を上げた。

「だぁっ！」

脱力させせんなオッサン。

「これは王族と一部の貴族しか知らない情報なんだがな、元の世界に帰らなかった勇者がこちらの世界で勇者以外の仕事に就いた場合、勇者としての力を失う事があるという話だ」

マジかよ。

そんな話、初めて聞いたぞ。

「つまり俺が魔王を継ぐと、職業が勇者から魔王になるから、勇者の力を失うと？」

「その可能性はある」

ふーむ、何ともあいまいだなぁ。

「その事は、謁見の間にいた他の貴族達も知っていたのか？」

「少なくとも、他国の貴族達は知っていた可能性が高い。過去に勇者を召喚したのは我々の国だけではないからな」

そっかー、つまり彼等は俺が勇者の力を失う事も期待して、魔王の座を継げと言ってきたのか。

うーむ、なんかムカついてきたなぁ。俺に何も言わずに企み事をされると……いい加減、目にもの見せてやりたくなるぜ。

「つーか、バルザックはなんで知ってた訳？」

これはちょっとした疑問だ。

「ああ、それは、魔王討伐に向かったお前の仲間に選ばれた事に由来している」

ほう？　俺の仲間になった事に？

「俺の先祖も勇者の仲間だったらしい。そして先祖が残した日記にその事が書かれていたんだ」

なるほど、そういう事ね。

「けど、勇者の力を失うのは危険だと思うんだけど」

俺が勇者の力を失えば、魔王の後継者になろうとする魔族達がこれ幸いと襲ってくるだろうからな。

「いや、その心配は薄いぞ」

シルファリアが俺の心配を否定する。

「魔族は力が全てと言っただろう？　だから弱った勇者を倒しても、戦士としての格を示す事は出来ん。たとえお前を殺害したとしても、数日後には自分が同じ姿になるだろう」

わー、殺伐ー。

「だが、そうなった場合は私がお前を守る。私はお前の愛人だからな」

嬉しい事言ってくれるわー。

「それに、勇者としての力を失うのは、一概に悪い事とは言えないぞ」

バルザックが、シルファリアに続いて力を失うメリットを告げる。

「お前が力を失えば、貴族達もお前を過剰に恐れなくなる。つまり、貴族達にとってもお前にとっても安全が確保出来るという訳だ」

なるほど、少しはメリットが見えるな。

それでも圧倒的にマイナスが多いが。

「あともう一つ、お前が勇者の力を失うという事は、勇者としての魔法防御力がなくなる事を意味する。つまり、逆召喚魔法が正常に作動する可能性が非常に高くなるという事だ」

「それ良いな！　おし、魔王になって勇者の力を失い、さっさと元の世界に帰ろう！」

これは良い事を聞いた。

遂に、元の世界に帰れるかもしれないのか。

バルザックが何か言いたそうであるが、故郷に帰りたい俺を止める事は出来ない。

俺は帰ると決めたのだ。

だから俺は魔王になる。魔王になって勇者の力を失うんだ！

しかし、この決断がハプニングを呼び込み、とんでもない事に巻き込まれてしまうのは、ほんの数日後の事だった。

第五話　勇者、魔王になる？

「という訳で、俺は魔王になる事にした」

そう決意した俺は、一旦転移魔法でバラサの町へと戻り、エアリア達に事の詳細を伝えた。ちなみにここに、バルザックとシルファリアはいない。二人は魔王継承の儀式についての詳細な打ち合わせをしているからだ。

「まぁ、トウヤがそうしたいと言うなら、そうすればいいわ」

「人間と魔族が手を取り合えるのなら、それはとても良い事だと思います」

エアリアとミューラは肯定的な意見だ。

ただ、問題はサリアか。サリアは魔族に故郷を滅ぼされた恨みがあるからな。シルファリアとの事は一応納得してくれたみたいだが。

「……トウヤ様が魔王になる事で、世界が平和になるのでしたら……」

サリアとしても、俺が魔王になる事で世界的にメリットがあるというのは理解出来たみたいで、不承不承ながら受け入れてくれた。

「ただ、俺が魔王になると、勇者の力を失う可能性があるらしい」

「はっ!?　何それ!?」

エアリアが驚きの声を上げる。

「それはどういう事なのでしょうか？」

「え……」

ミューラもサリアも予想外の事を聞かされ、困惑しているようだ。

「実はだな……」

そして、俺はバルザックから聞いた勇者についての秘密を明かす。

「そんな事が本当に起こるの？」

エアリアは懐疑的みたいだ。

「ですが、勇者の力は神が与えたものです。世界が平和になって勇者の力が不要になれば、確かにそうなる可能性も無ではないかと」

神に仕えるミューラとしては、完全に否定はしないか。

「そうなると、トウヤさんの今後が心配です」

サリアの心配は俺としても同意だ。

「だから、いざという時の対策は考えている」

そうして俺は三人に、今後の対策として考えていた、とあるアイデアを話した。

「……なるほど、確かにそのくらいはした方がいいわね」

「ええ、権力者が何をするか分からない以上、対策をとるのは当然です」

「私もトウヤさんに賛成です」

「よし、それじゃあ三人とも協力頼むよ！」

「任せて！」

「ええ！」

「はい！」

三人の同意を得た事で、俺は魔王即位対策をとる事を決意した。

「ただし、その作戦には改案を要求するわ」

と、そこでエアリアからとある提案をされるのだった。

◇

翌朝、俺は再び国王と各国の代表を交えての会合に臨んでいた。

「して、次代の魔王の座を継ぐ事、受け入れてくれるか、勇者よ？」

「はい、このトウヤ・ムラクモ、平和になった世界を守るために、魔王の座を継ぐ事を決意いたしました！」

「「「おおおおっ!!」」」

謁見の間に歓声が上がる。

俺が魔王になれば、世界が平和になると信じて。それも自分達が生きている間だけはと。そして、俺という脅威がなくなる事を喜んで。

「うむ、よくぞ決意してくれた！」

王様が嬉しそうに何度も頷いている。

「では世界中に、勇者が魔王の跡を継ぐ事を伝える触れを出そう。シルファリア王女よ、魔族側でも触れを出していただきたい」

「承知した。父を倒した勇者が魔王の座を継ぐとなれば、同胞も従わざるをえまい」

シルファリアも笑顔で応じる。

「魔族の同胞に魔王継承の儀を行う事を伝えるのに、最低一月《ひとつき》は待ってほしい。気難しい連中も多いからな」

「我々としても勇者が魔王を継ぐための式典を行う準備が必要じゃ。余裕を持って、準備の時間を二月《ふたつき》としよう」

「異論ない」

こうして、俺の存在をほったらかしにして、魔王継承の段取りが整っていくのであった。

だが、この時間は俺にとってもありがたい。準備に十分な時間を掛けられるからな。

第六話　勇者、盗賊の村にやってくる

森が揺れた。

「アイツ等が来たよ！　かなり近い！」

森の中に隠された物見台の上から、若い少女が緊迫した様子で他の少女達に声を掛ける。

彼女達の前で木々を揺らしながら現れたのは、四足で駆ける獣型の魔物達だ。

「もう！　見張りは何してたのよ！」

少女達が、弓を手に魔物に攻撃を開始する。

「木が邪魔で見えないんだよ！」

反論するのも少女だ。

口論をしつつも、少女達は手慣れた様子で攻撃を行っていく。

「ほらほら、くっちゃべってないで、攻撃しな！」

彼女達よりも少しだけ年上の少女が、二人を叱る。

「分かってるよ！」

指揮系統らしきものは整っていない。

「喰らいな！」

次々と集まって来た少女達が矢を放つが、命中率はあまり高くなかった。

さらに言えば、少女達の力では強力な矢を放つ事が出来ないため、分厚い皮を持った魔物の群れに有効打を与える事が出来ないでいた。

「撤収撤収！　奥の皆にも逃げるように伝えて！」

「もーー！　また家を作り直さないとーー！」

同じ事を何度も繰り返してきたのだろう。少女達は悔しそうに後ろへと下がっていった。

その奥には、何度も作り直されたボロボロの掘っ立て小屋がいくつもあった。

◇

翌日、俺はエアリアとミューラ、それにサリアを引き連れて、とある村へとやってきた。

森へ入ると、俺達はマントとフードで顔を隠す。顔を隠したのには事情があるのだが、村の中はもぬけの殻《から》で、人っ子一人いなかった。

「あの、本当にこの村なのですか？」

村の中に人気《ひとけ》がない事で、サリアが疑問を口にする。

確かにサリアがそう思うのも無理はない。村の家々はまるで廃墟のようにボロボロだったからだ。

前に来た時は、もうちょっとマシだったと思うんだが。

「たぶんいると思うんだがな。おーい、俺だトウヤだ！　誰かいないか！」

俺がそう叫ぶと、僅かに村の中に気配が蠢《うごめ》く。

そして、ローブを着た人物が姿を現した。

「お前、本当にトウヤか？」

「ああ、久しぶりだな、ラザリア」

俺がフードを脱いで顔を見せると、ローブの人物もフードをめくる。

出てきたのは、横一文字に傷の入った女性の顔だった。

だが、その傷は彼女の魅力を損なう事なく、むしろその美しさを引き立てていた。

彼女こそ、俺が魔王を倒す旅で出会った女、ラザリアである。

「トウヤァァ！　久しぶりじゃないか！」

ラザリアが俺に抱きついてくる。

「おふんっ」

ローブで分かりづらいが、その下に隠された二つの双丘《そうきゅう》が俺の体に密着する。

「元気してたかい？　いやアンタの事だから、ピンピンしてたんだろうけどさ！」

ラザリアが俺の頭をくしゃくしゃにしながら撫でまわす。

「ああ、おかげさまでな」

このまま密着してるだけで、もっと元気になりそうです。

「皆出てきな！　トウヤだよ！」

ラザリアが声を掛けると、村のあちこちから女の子達が姿を現した。

「トウヤ？」

「ホントだ、トウヤだ！」

「バルザック様はいないの？」

「トウヤさん！」

女の子達が群がってきて、俺は揉みくちゃにされる。

「ああ、皆久しぶりだな」

「トウヤー！　久しぶりー！」

「トウヤさーん！」

貧乳、普乳、巨乳、爆乳が、俺を揉みくちゃにしていく。

ここは天国じゃあ。

「「「トウヤ（さん）？」」」

ゾクリ。

一瞬で背筋が凍った。俺の背後から絶対零度《れいど》の視線が突き刺さる。誰の視線かは言うまでもない。

「ラ、ラザリア。実は君達に仕事を持ってきたんだ」

俺は平静を装ってラザリアに話しかける。

「仕事？　アタシ達にかい？」

「ああ、腕利きの君等に頼みたくてね」

「へぇ、あの勇者トウヤ様がアタシ等に仕事かい……アンタ達！　いつまでも纏わりついてるんじゃないよ！　仕事だ！」

「「「はい！」」」

ラザリアの一喝で、少女達が即座に俺から離れる。そして真剣な表情になったラザリアが告げた。

「詳しい話を聞こうか」

◇

「相変わらず何もない所だけど、くつろいでおくれ」

ラザリアは家の中へ案内すると、ドカッと座って俺達にも座るように促した。

「ねぇトウヤ、この人が例の？」

エアリアが俺の耳元で囁《ささや》く。

「ああ、彼女があの悪名《あくみょう》高き大盗賊団、ラザリア団の頭目《とうもく》さ」

「ははは っ、大盗賊団だなんてよしておくれよ。アタシ等はただのしがない盗賊さ。日銭を稼ぐので精一杯のね」

「ラザリア団、聞いた事があります。悪徳商人ばかりを狙う盗賊団で、手に入れたお金を貧民街に配っているとか」

箱入り娘のミューラまで知っているとは、ラザリア達の名前も売れているんだな。

ともかく、これが俺達がフードをかぶって顔を隠しながらここまで来た理由である。

勇者が盗賊団に会いに行くのは問題があるし、俺の姿を見た連中が追ってきて、ここを発見されても困るからな。

「ちょっと違うよ。アタシ等が金を配って回ったのは、善意なんかじゃない。アタシ等はスラムの住民に、慰謝料ってやつを代わりに支払っていたのさ」

「慰謝料ですか？」

「そうさ、悪徳商人達はあこぎな商売をしていただけでなく、他の盗賊団と繋がって商売敵《がたき》の仕入れ馬車を襲撃したりしていたのさ。それで盗んだ品や、馬車に乗っていた奴等を奴隷として売っぱらう事までね。そんな事をされたら皆、店を続ける事なんて出来やしない。そうやって店を潰されたりして仕事をなくした連中が、スラムにはわんさかいたのさ」

久しぶりに聞いたが、酷い話だ。だが、警察というものがいないこの世界では、金と力さえあればそんな事さえ出来てしまう。それを何とかしたいと思ったのが、かつて悪徳商人達によって家族を失い、自らも奴隷として売りに出されるところだったラザリアだ。

俺は魔王を倒す旅の途中で彼女と出会い、その悪徳商人達を壊滅させるための手伝いをした。

というのも、悪徳商人達が魔族と違法な取引をしていたからだ。そこで、利害の一致した俺達は手を組んだという訳である。まぁ、そこに至るまでに色々とあったが。

「まぁ、昔話はメシの時にでもしようじゃないか。それよりも、アンタからの依頼ってのを聞きたいねぇ。世界を救った勇者様が、アタシ等なんかにどんな依頼をしたいんだい？」

問われた俺は、単刀直入に告げる。

「王城から、ある魔法の情報を奪ってきてほしい」

「城？　アンタ、アタシ等に国と戦えってのかい!?」

城と言われてラザリアが驚きの声を上げる。

「大丈夫だ。ちゃんとサポートするから」

「サポートねぇ。だが、アンタが望むってんだから、結構なモンを狙うんだろう？」

詳細を言っていないにもかかわらず、ラザリアは面白そうと感じてくれたらしい。興味を示して俺を見る。

「ああ、ラザリアに狙ってもらいたいのは、勇者逆召喚魔法の術式だ」

「勇者逆召喚？」

俺はラザリアに、これまでのいきさつを簡潔に説明した。

「なるほどね。つまりアンタが元の世界に帰るために、その逆召喚魔法ってヤツの情報がいる訳なんだね」

「ああ、そうなんだ。けど、俺が盗むと、万が一でも姿を見られたら色々とやばい。だからラザリア盗賊団に頼みたいんだ」

俺が説明を終えると、ラザリアはニヤニヤとした笑みを浮かべた。

「何だよ？」

「いやね、あの勇者様が、随分とまぁスレた考えをするようになったもんだと思ってさ」

むぅ、昔の自分を知っている相手とはやりづらいな。ラザリアは、こっちの世界に来て間もない頃の俺を知っているからなぁ。

「あの頃のあんたは、どんな理由があろうと犯罪は良くないって言ってたのにさ」

ラザリアのニヤニヤが止まらない。

「報酬は十二分に支払うし、皆が捕まらないように最大限サポートする。それに、逆召喚術式について は確認したい事もあるんだ」

「ふむ」

俺の口調から何かを感じ取ったラザリアが、姿勢を正して表情を変える。

「つまり、お貴族様が何か企んでいるって訳かい?」

「ああ、現状でも俺を利用する気満々なんだが、こっちの二人が魔法陣を調べたいって言うんでな」

そう言って俺は、エアリアとサリアに目配せする。

「エアリアよ。トウヤの仲間で魔法使いを生業《なりわい》にしているわ」

「私はサリアと申します。トウヤ様の愛人、兼生活魔法の教師です」

「ぶっ!」

ちょ、いきなり何言ってんの!?

「はぁ!? 愛人!? あんたが!?」

ラザリアは驚き、目を丸くした。

「ええ。愛人です」

「って事は、そっちの二人も……」

「ミューラと申します。私も愛人という事になりますね」

「私は愛人じゃないから。愛人じゃないから」

エアリアが二回言った。

「はぁ～、あんたがねぇ。へぇ～」

何だよ、その目つきは。

「ちなみにトウヤ様の愛人は世界中にいますので」

やめてサリア、これ以上俺を追い詰めないで！

「ははは、そうかそうか。あんたもちったぁズルくなったんだねぇ！」

しかし、ラザリアに俺を軽蔑するような様子はない。むしろ褒めてくれる。

「いや、普通は女の敵ー！　とか言わねぇ？」

「昔のあんたは他人にいいように使われていたからねぇ。むしろ今の方が健全になったと思うさ。

それも後ろのお嬢ちゃん達のおかげかい？」

ちらりとラザリアがエアリア達を見たので、俺は頷いて返答する。

「まぁ、そうだな。皆のおかげだよ」

「そうか」

二人で笑い合う。

「分かったよ！　ラザリア盗賊団、大恩ある勇者トウヤのために一肌脱ごうじゃないか！」

ラザリアが元気良くタンカを切る。

「助かるよ、ラザリア！」

こうして、俺とラザリア盗賊団は手を組む事となったのだった。

◇

ラザリアと契約を結んだ俺達は、彼女の家を出て村の中を散策していた。

「あ、お頭《かしら》との話は終わったの？」

村の女の子達がやってくる。

彼女達は、下は一〇代前半から上は二〇代前半と、若い女の子が多い。

というのも彼女達は、ラザリアによって悪徳商人達の奴隷馬車から救い出された少女達だからだ。

奴隷として高く売るなら若く美しい方が良い。そうした子達を保護しているという事もあって、この村の女の子達は美少女ばかりなのだ。

だが、この村の状況は、そんな少女達の美しさとは裏腹にボロボロだった。

「なぁ、村は何でこんなに荒廃してるんだ？　前に来た時はもう少しマシだったと思うんだが」

俺の質問に、少女達が憂いを帯びた表情になる。美少女は悲しそうな顔も綺麗だなぁ。と、そんな事を考えている場合じゃないか。

「えっとね。最近魔物がよく襲ってくるようになったの」

「魔物？」

「うん。今まで魔物は他の町や街道を歩く人間を襲ってたんだけど、最近じゃ町が復興してきたせいで人間を襲えなくなったから、森の獣を襲うようになったんだよ」

「それで森の中で暮らしてる私達が見つかっちゃって、それからというもの、村に魔物が襲ってくるようになっちゃったのよ」

……それ、俺が原因だよなぁ。

「村がこんなになってるって事は、その魔物は強いのか？」

「うん、私達の弓じゃほとんど傷を負わせられないの。お頭の罠のおかげで雑魚《ざこ》は途中で引き返すけど、大きいのは罠を壊して向かってくるから。魔法を使える子は少なくて、とても手が足りないし」

まずいな。それじゃあ俺の仕事を手伝わせるどころじゃないじゃないか。ラザリアが言わなかったのは、俺に心配をさせないためか？

だが、知ってしまった以上、放ってはおけないな。

「よし、この村も復興させるか！」

早速俺は、この村の復興も行う事を決めた。

「復興!?　この村を!?　でも村を直しても、魔物が攻めてきたらまた壊されちゃうよ」

他の女の子達もうんうんと頷く。

「分かってる。村を直して、さらに魔物達を退治出来るようにする！」

「そんな事出来るの!?　私達の力じゃ傷すらつけられないんだよ!?」

「ああ、大丈夫だ。俺が方法を考える」

「すっごーい！　さすがトウヤだね！」

少女達が俺に抱きつき、キラキラした尊敬の眼差しを向けてくる。

ふっふっふっ、もっと尊敬していいんやで。まあ、解決するのは、歴史の先生から教えてもらった知識で、だけどな！

「ああそうだ。それ以外にも、皆に新しい仕事を用意しないとな」

「それって、お頭に頼んだのとは別の盗みのお仕事？」

「いいや、盗みじゃない。皆にしてもらうのはカタギの仕事さ」

「ええっ!?」

少女達が驚きの声を上げる。

「無理だよ！　私達は盗賊だよ！　今さらカタギの仕事なんて出来っこないよ！」

他の女の子達もウンウンと頷く。

「町へ出ていっても身元の不確かな女の働き手じゃ、給金だって足元見られちゃうよ。でも、まともな金を出してくれる大店じゃあ店主の愛人にされるのは目に見えているし、それが奥さんにバレたらすぐ追い出されちゃうよ！」

やけに具体的な展開だが、ともかく魔王を倒して悪徳商人を叩きのめしたのに、世知辛い話だなぁ。

「だから俺が用意するのは、この村で作る商品さ。この村でしか出来ない商品を外に売りに出すんだ」

「そんなの簡単に出来るの？　金になると分かれば大店の商人連中が黙っていないよ。買い取りを頼んでも買い叩かれるのが関の山じゃないかな」

まぁそこら辺は俺にも分かる。いつの世も、一次生産者達は搾取《さくしゅ》されるものだ。

「だから数を限定する。最初の客は俺が紹介するからさ」

「トウヤが？」

「ああ、とびっきりの客を紹介するよ」

ここは、異世界に来て手に入れたコネを最大限活用させてもらうとしよう。

「それに、商人達が来るようになれば、役人だって税を取りに村に来るかもしれない。だからこれを機に、盗みからカタギの仕事に乗り換えた方が良いのさ」

「そっかー。本当にカタギになれるなら、その方が良いもんね！」

少女達が希望に満ちた顔になる。元々この子達のほとんどは商人の娘だ。違法な活動よりは、まっとうな仕事の方が性《しょう》に合っているだろう。

「よし、まずは村の復興だ！　暇をしてる連中を連れてきてくれ！」

「うん！　分かった！」

◇

「トウヤ、見張り以外の連中を呼んできたよ！」

少女達が、手の空いていた女の子達を連れてやってくる。

「よし。それじゃあ村の復興について皆に説明する。よく聞いてくれ」

俺は土魔法で作った即席の土台に乗って、少女達全員を見渡す。

「いいか？　今この世界は、魔王が倒された事で新しい道を歩み始めた。各国は復興事業に着手し、戦いの傷が少しずつだが癒えていっている。けど、それで困る人間も出てくる。それが、君達だ」

ここで一旦会話を止めて、全員に視線を送る。十数人ほど目を伏せたり頬を染めたりしているが、内気な子が多いんだろうか？　中にはウインクしてきたり笑顔を返してくれたりする子もいるが、そういう意味で見たんじゃないからな？

「君達はこれまで悪徳商人達と戦う盗賊として生活してきた。当然、生活の糧《かて》は盗品を売った金で賄《まかな》ってきた訳だけど……復興しつつあるこれからの世界では、君達は今までのように稼ぐ事は難しくなる。というのも、魔族との戦争が終わった世界では、騎士団や自警団は野良《のら》魔物くらいしか戦う相手がいなくなる。そうなると、当然騎士団は君達を捕らえようと動くだろう。自警団も同様だ。しかも悪徳商人は以前の一斉摘発で大幅に数を減らしている。この状況で、君達が生活する金を稼ぐのは事実上不可能だ」

これはもう既定路線と言えるだろう。敵のいなくなった騎士団には新しい敵が必要になる。盗賊団など格好の獲物だ。彼等にとって、悪徳商人が本当に悪かは関係ない。町に税を支払っている正規の住人から頼まれたら騎士団としても嫌とは言えないだろうし、働かないと無駄飯喰らいとなって存在が危ぶまれる。そんなこんなで盗賊団を積極的に狙うのは間違いない。

「だから君達には、盗賊以外の生活の糧を手にしてもらう。具体的にはこれから教えるので、自分に合った仕事を選んでほしい」

そう言って、俺は複数の職業を少女達に提案した。

「これらの仕事をする際には、俺が直接職人に紹介して弟子入り出来るようにする。魔法系の仕事の場合は、ここにいるエアリア、ミューラ、サリアが君達の師匠になってくれる。そして、最後の職業は、俺自らがやり方を教える」

一通り伝え終わった俺は、彼女達に考える時間を与える事にした。

「すぐに答えを出すのは無理だろう。今俺はラザリアに仕事を頼んでいる。その仕事が終わる頃に、全員の答えを聞かせてほしい。俺は君達全員が幸せになれるように最大限協力するつもりだ。以上、解散してくれ」

解散の号令を発すると、少女達は口々に新しい仕事について話しながら、それぞれの場所に散っていった。

「しっかし、本気でアタシ等に働き口を用意するつもりなのかい？」

ラザリアが呆れた口調で聞いてくる。

「当然だ。前にも言ったろ？　盗みは良くないって。ラザリアだって働き口があるのなら教えてくれよって言ってたじゃないか。俺はその約束を果たしに来たんだ」

「……だからってさ、ホントにやるこたぁないじゃないかい」

ラザリアが口元を覆って、ククククと笑う。

「っとに、アンタってヤツはさぁ」

そう笑いながらラザリアは、俺達を置いて村の奥へ引っ込んでいってしまった。

「あーあ、これはやっちゃったわね」

「やっちゃいましたねぇ」

「なるべくしてなりましたねぇ」

何やらエアリア達が呆れ顔で納得している。今のラザリアの態度から、何か察したらしい。

「何だよ？」

「「「いーえ、何でも」」」

何この疎外感。

◇

夜、村の全員が集まっての大宴会が終わった後。俺は村の女の子達となぜか、裸で抱き合っていた。

「えへへー、トウヤさーん！」

「うふふー、トウヤさんの体あったかーい」

勿論、雪山で凍死しないようにお互いの体を温め合っている訳ではない。

「私達も命の恩人であるトウヤさんの愛人にしてくださーい！」

「えへへー、ずっとトウヤさんの愛人になるのを夢見てたんですよー！　脂ぎったおっさんの愛人にされるのはゴメンですけど、トウヤさんなら全然アリです！」

との事だった。

「トウヤも愛人を持つようになったんなら、村の女達も愛人にして大丈夫だろ？　ああ、他に好きな男のいる奴は参加してないから安心しな。おっと、勿論アタシも愛人希望だよ。なんせアンタはアタシの命の恩人だからね。ずっとこのチャンスを待っていたのさ」

そう言って、すでに服を脱いで準備万端のラザリアが、俺に擦り寄ってくる。少し酒臭いのは酒の勢いを借りてきたためだろうか？　わりとこの人、純情キャラっぽいんだよね。

「けど、村のど真ん中の広場ってのは、ちょっと倫理的に……」

「しょうがないだろう？　村の女ほとんどが入る家なんてこの村にはないんだ。まぁ安心しな。この村全てがアンタの家みたいなもんさ。なんせ、ほとんどのヤツがアンタの愛人になるんだからさ」

ラザリアに押し倒される。今の彼女は、肉食獣のようだ。蕩《とろ》けた笑みで俺を見つめている。

ちなみに、真っ先に止めると思われたエアリア達は「アホくさ」と言って、今日は使われないであろう家を借りて早々に姿を消していた。皆気が利きすぎぃ。

ラザリアが甘い息を吐きながら告げる。

「さぁトウヤ、アタシ等全員を愛しておくれ。全員アンタに命を救われた日から、アンタのモノになるのを夢見ていたんだよ」

ヤバイ、ちょっと逃げられそうにないです。

だってほら、さっきも言ったけど、この村の女の子って美少女しかいないんですよ。

「トウヤさーん」

「トウヤー」

こうなったら、回復魔法全開で、俺も決戦に挑むより他あるまい。

「よーし分かった！　全員相手をしてやる！」

「「「キャー!!」」」

その晩、村の中から黄色い嬌声《きょうせい》が途絶える事はなかったのだった。

◇

「それじゃあ私はここで準備をするから、あんたはあの村に戻って準備を続けておいて。何かあったら個別通信魔法で連絡するから」

「ああ、任せたよ」

翌日、俺はエアリアを連れてとある町に来ていた。

ここは魔法使いの国、魔導王国マジシャリアの王都、マジシャイン。

エアリアだけここに残って、俺のための準備をしてくれる事になっている。

「それじゃあ俺は村に戻るから」

「ええ、ここの女王に察知される前に逃げなさい。今あのオバさんに見つかったら搾り取られるわよ。あんたの動向は向こうもある程度は把握してるでしょうしね。世界中のお姫様を侍《はべ》らしているとバレてる以上、あのオバさんが自重する事はありえないわ」

エアリアが悪意を込めてあのオバさんと呼ぶのは、この魔導王国の女王マリアベルの事だ。

年齢不詳の彼女をエアリアはオバさんと言うが、魔法で若い姿を維持しているらしく、三〇代前半の容姿で色気が凄い美女である。なぜか独身。

噂では、余りに才女すぎて男達が敬遠するのが原因らしい。

俺に対しては男としてというより、弟を見るような目を向けているだけなんだけどな。

ああでも、あそこに行くと、男達の嫉妬の視線なのか、時折、背筋がゾクッとするんだわ。

「じゃあまた」

「ええ、また」

俺はエアリアにこの国での準備を任せ、再びラザリア盗賊団の村へと転移した。

◇

「これが気配遮断の魔法です」

村へと帰ってきた俺は、ちょうどサリアが盗賊娘達に生活魔法を教えている場面に出くわした。

「この魔法は、狩人が危険な魔物や獲物である動物から姿を隠すために開発された魔法です。これを覚えれば、危険な森の中だけでなく、戦場での生存率も上昇します」

サリアが今教えている生活魔法は、この世界の人間に教えるのはちょっと待った方が良いと判断して、秘匿《ひとく》していた魔法だ。

失われた生活魔法の中には、悪事に使えるモノもある。この気配遮断魔法もそうだ。

この魔法は本来、狩りの補助に使ったり危険な魔物から隠れたりするための魔法だが、その性質上泥棒などの犯罪にも利用出来る。

だから、そういった危険性のある魔法は秘匿するようにしていたのだが、古代魔法の唯一の継承者であるサリアとしては、そんな魔法であっても未来に伝えてくれる担い手を見つけたいという葛《かっ》藤《とう》があった。

そこで俺が発案したのが、このラザリア盗賊団での教育だ。

彼女達の中で、戦い以外の仕事が向かないと自ら判断した者には、俺が盗賊以外で力を役立てられる道を与えようと思ったのだ。

それこそが忍者！　ニンジャ！　ＮＩＮＪＡ！

エアリアの魔法、ミューラの回復魔法、サリアの生活魔法、そして俺の科学知識。これらの技術と知識を盗賊少女達に教えて、彼女達を忍者として鍛え上げようと考えた訳である。

とはいえ、魔法に関しては個人の適性があるので、そっちは相性が良ければ覚えさせるといったところだ。

なので重要なのは、俺が教える現代の科学知識とアウトドアの知識だ。元々忍者もその時代の最先端の知識で活躍していたという。

「あ、トウヤだー！」

と、俺が帰ってきた事が盗賊娘達にバレてしまった。

少女達が俺に群がってくる。明らかに昨夜とは密着度合が違う。ふふふ、そんなにおいちゃんが恋しかったのけ？

「・・・・トウヤさん」

そこにサリアの待ったが掛かった。ちょっと目がマジだ。

「今は授業中ですので、少し控えてくださいませんか？」

「あっはい」

マジで怖かった。もしかしたらサリアは、ちょっと厳しめの教育ママになるかもしれない。

俺はそう思わずにはいられなかった。

◇

「神への祈りに形式はありません。特別な儀式でない限りこのように手を組んで跪《ひざまず》き、目を瞑《つむ》って祈りをささげる。それだけで良いのです」

村の一角で、ミューラが娘達に神の教えを説いていた。

この世界には神が実在するし、回復魔法などがあるので、神への感謝の祈りは必須なのだ。

何より、過去に辛い目に遭った少女達の心の支えとして、神の教えを広めたいとミューラが提案してきたのである。

確かに、心のケアをするのは重要だ。神を必要としない相手には無理に教えを押しつけない、という約束で許可をした。

またミューラに信仰を広めさせたのにはもう一つ理由がある。通常、村や町には教会から司祭が来るのだが、この村は盗賊の村なのでそれはない。むしろ下手に外部の人間が入ってくると困った事になる。

だからミューラが信心深い少女を教育して、代々この村で司祭を継いできたという設定をねつ造する事にしたのである。

そうする事で、事情を知らない外部の人間を村に入れずに済むという訳だ。

ちなみに、なんで俺が村のこんなデリケートな事情に勝手に口出し出来るのかというと、村と盗賊団の長であるラザリアが長の座を降りたからだ。

「アタシ達はトウヤのモノになったからな、だから村の全てもトウヤに任せる」

などと言って彼女は俺に全ての権限を委譲したが、本当は長としての重責を俺に押しつける事が出来て喜んでいるのではないだろうか？

まぁ、俺が命令すればなんでも言う事を聞いてくれるので、構わないが。

うん、何でも聞いてくれるって言ってたから後で命令してみよう。

◇

その後は、俺を教師にした野外での実践訓練だ。

少女達が盗賊を辞めた後の表向きの仕事について考えたいところだが、例の裏の仕事の準備もしなければならない。今回頼む仕事は王宮に忍び込む大仕事なので、成功率を可能な限り上げておきたいのだ。

「まずはこれを見てほしい」

俺は一枚の大きな布を取り出した。

「この布には、王都の城の壁を模した石材模様が描かれている。そして裏返すと黒色の布になる。皆にはこれを使って城内を巡回する兵士から身を隠してもらう」

「ちょっと待ちなよ。いくらなんでも、そんなもので誤魔化される人はいないと思うんだけど」

ラザリアが呆れた様子で言い、他の少女達もそうだそうだと同意の声を上げる。

「そう言うと思って、これを用意してきた」

と言って今度は、土色の布を取り出す。

「俺が今から、これを使って姿を隠すので、皆は俺を捜してくれ」

「本気で言ってるのかい⁉」

少女達は懐疑的な目で俺を見る。

「ああ。見つけられたら、今夜一晩何でも言う事を聞いてやるぞ」

「「「っ⁉」」」

少女達の目つきが変わる。

「時間は……そうだな、この砂時計が全て落ちるまで。俺はこの村の中からは出ない。それでどうだ？」

そう言って俺は、魔法の袋から出した砂時計を、椅子代わりにしていた切り株の上に置く。

ラザリアが笑みを深めて俺を見つめる。

「……ふん、いいじゃないか。それよりも、見つけたら本当にアンタを？」

「ああ、何でも言う事を聞いてやるぞ」

全員が一斉に立ち上がり、ズザッと音が鳴る。褒美があるから全員やる気満々だな。っても、そう簡単にやる気はないが。

「じゃあ目を瞑《つむ》って、一〇秒数えてくれ。その間に俺は隠れる」

少女達が目を閉じる。

「では砂時計をセット！　カウントスタート！」

「いーち、にーい」

少女達がノリノリで数を数え始めたので、俺は布を持って隠れる事にした。

◇

「じゅーう！　よし、トウヤを捜せー！」

「「「了解!!」」」

ラザリアの号令に従い、少女達が一斉に動きだす。

全員が相談もせずに放射状に散って、村の端へと向かっていく。事前の相談もなしに人海戦術で俺を捜す事を選択したのは、彼女達の普段からのチームワークの賜物《たまもの》だろう。

「こっちにはいないよー！」

「こっちにもいない！」

「家の中は？」

「いない！　屋根は？」

「木の上から見てるけどいないよ！　物陰には？」

「いなーい！　土の中とかは？」

「人が入れるだけの穴を掘る時間なんてなかったよ！　それにそんな事したら、土の色が変わってすぐ分かるって！」

少女達はうろうろと村の中をさまよう。

だが、誰一人として俺の姿を見つけだす事は出来なかった。

そして……


「時間切れだ！」

砂時計の砂が完全に落ちきったのを確認した俺は、大きな声でゲームの終了を宣言した。

「うそー、どこにもいなかったよー」

少女達が次々に授業を行っていた広場に戻ってくる。

「あれ？　トウヤは？」

「俺はここだ」

そう言って俺は、皆の前に姿を現す。

「キャア!!」

突然目の前に俺が現れた事で、少女達が驚きの声を上げた。

「え？　何で？　魔法!?」

驚いた少女の一人が正解を口にする。本人は、それが正解だと理解して言った訳ではないだろうが。

「正解！　答えは魔法だ！」

「え？　ホントに!?」

「正確に言うと、魔法と、この布を補助に使って隠れていたというのが正解だな」

そう言って俺は、地面に寝転がって土色の布をかぶる。

「こうして布をかぶり……左半分の連中は上を見て、俺を見ないようにしてくれ」

俺の言葉に従い、左半分の女の子達が上を見る。そして俺は気配遮断の魔法を発動させた。

「いいぞ、視線を戻してくれ」

「……あれ？　トウヤは？」

上を見ていた少女達が、俺を見失って困惑する。

「え？　ど、どこ？」

「何言ってるのよ、トウヤならそこにいるじゃない」

これは彼女達がふざけている訳ではない。彼女達は本気で俺を見失っているのだ。

「ここだよ」

俺は再び土色の布をめくって姿を現す。

「うわっ!?」

本気で驚く少女達。

「このように、見られている状態で気配遮断魔法を使っても意味はないが、意識がそれている時に使えば、目の前にいても相手の目を欺《あざむ》く事が出来る。この布はその成功率を上げるための装備だ」

布としては本当に、ただの模様の付いた布だ。だが、気配遮断魔法を使えば、この程度のチープな布でも十分な効果を発揮してくれる。

「これが忍者の力だ。既存の技術に他の技や知恵を足す事で効果を劇的に上げる。皆には作戦を決行するまでの間、俺と共に全力で忍者の訓練に励んでもらう！」

「「「はい！」」」

少女達が目を輝かせながら元気よく返事をする。やはり実際に見せる事で、忍術の効果を体感したのが良かったみたいだ。時間は少ないが、それでも可能な限り彼女達を鍛えるとしよう。

ここで、一人の少女がぼそっと言う。

「ところでー、夜の訓練もお願いしたいなー」

「「「したいなー」」」

その晩、勤勉な少女達の熱意に負けた俺は、夜のくのいちの訓練にも全力で付き合うのだった。

第七話　勇者、忍者娘を出動させる

夜、俺はバラサの町に作った自分の屋敷の自室にいた。

『こちらルビー、城壁を突破した』

魔法による通信が俺の脳内に響く。

これは、ハジメデ王国の王都からの通信だ。

『よし、気配遮断魔法を起動させたまま王宮内へ向かえ。中庭には騎士と警戒用の使い魔が巡回しているから気をつけろ』

俺は通信魔法で、ルビーという暗号名を与えられたラザリアに指示を送る。

この通信魔法はサリアから教わった失われた魔法であるが、万が一通信を傍受《ぼうじゅ》された時のために、全員の名前を偽名に変えておいたのだ。ちなみに俺がリーダーとしてダイヤを名乗っている。

『了解、トルマリンには魔力感知に集中させる』

『こちらサファイア、巡回の兵士が西側中央を通過』

『こちらエメラルド、巡回の使い魔が南側を通過。物陰に隠れていたので、こちらに気づいた気配はなし』

他の忍者娘達からの連絡も同時に入ってくる。

サリアから教えてもらった個別通信魔法の機能は完璧だ。複数の相手と同時に通信出来るのが、この魔法の強みである。なぜこんなに便利な魔法が失われたのか不思議なくらいだ。

『よし、サファイアとエメラルドの部隊は引き続き巡回の兵士達の監視。ルビーとオニキスの部隊はターゲットへ向かえ』

『了解！』

『任せて！』

魔法による通信が切られ、俺は一息吐く。

今夜俺は、自分を召喚した国から魔法を奪う。

勇者逆召喚術式の情報を、奪うのだ。

「だが、これは必要な事だ」

仮にも味方と言える相手から盗みを行う事に、多少の罪悪感はある。

だが、やらなければいけない。この世界の平和のために、俺を都合よく使おうとする連中からイニシアチブを取るために。

俺にとって、元の世界に帰るための逆召喚術式は最も重要なモノである。そして、それは向こうにとっても同じだ。

本来俺は、もう元の世界に帰っているはずだった。だというのに、トラブルから元の世界に帰れなくなった。そのせいで俺はこの世界に残留せざるをえなくなり、その合間にこの世界の復興を行っていた。

だが、それはあくまで趣味の延長みたいなものだ。乱暴な言い方をすれば、元の世界に戻るまでの暇つぶしと言っても過言ではない。

しかし最近、俺の復興を利用しようという動きが目立ってきた。

各国は、自分達の国の姫や貴族の娘を差し出して俺の御機嫌を取り、俺との間に子供を作らせて情に働きかけようとしてきている。まぁその罠に思いっきり嵌《はま》ったが。

さらには魔王の娘シルファリアが出てきた事で、俺を魔王に即位させてついでに力を弱化させようと企む始末。元の世界に帰るために弱体化するのは構わないが、その鍵である逆召喚術式を向こう任せにするのは、そろそろ危険と言わざるをえない。

だから俺は、逆召喚術式を自分達で研究する事を決意したのである。

まぁそうは言っても、俺は魔法の専門家ではないので、エアリアを中心とした魔法使いの集団に研究してもらうのだが。

ともかくそのための人材として、かつて魔王を倒す旅の合間に出会った優秀な魔法使い達をスカウトしようと考え、そのために魔導王国に行ってもらっているのが、エアリアという訳である。

それに彼女の祖父には優秀な魔法使いの知り合いが多く、その縁故《えんこ》で彼等に協力を願う事も出来る。世捨て人同然であったエアリアの祖父である以上、彼の知人の魔法使い達もまた、やはりまっとうな人間ではなかった。

彼等は人格や研究内容に問題はあったが、それでも、その道の専門家よりもさらに一歩先を行く有能な人材であり、人格さえ考慮しなければ最高のスタッフと言えた。

繰り返すが、人格は考慮しない。

先日、エアリアから通信魔法で彼等の協力を得る事に成功したとの連絡が入ったので、遂に俺も育て上げた忍者娘達に命じて、術式奪取を実行に移した、という次第である。

そこで緊急の連絡が入る。

『こちらオニキス！　通路の前後から巡回の兵士と使い魔が近づいてきてる！　隠れる場所も逃げる場所もない！』

オニキスが連絡してきた理由は、使い魔だ。

気配遮断魔法は動物の認識能力を鈍らせる魔法なので、生き物ではない使い魔には効果がない。

だから彼女は焦って連絡してきたのだ。

俺はオニキスを安心させるため、あえて冷静に尋ねる。

『落ち着け。こういう時の対処法、室内で逃げ場がないなら？』

『天井に逃げろ！』

『よし、急いで天井に隠れろ！』

『了解！』

オニキスの心情を表すように、慌てて通信魔法が切られる。

今の対処法について説明すると、使い魔というのは、視覚ではなく魔力と動体反応で侵入者を判断する。魔法で隠れている相手がいる場合でも、魔力の隠蔽《いんぺい》が出来るレベルの術者でないとやはりバレてしまう。また、動いていれば感知される。

なのでこの場合、生身の兵士の目を欺き、使い魔の判断基準から逃れる唯一の方法は、魔法を切り、天井の色の布をかぶって天井に張りつく事だ。

シンプルだが、それが最も有効なのである。この世界には、部屋の隅々まで照らす蛍光灯なんてないからな。

ちなみに天井にへばりつく手段には、熊手型鉤爪《かぎづめ》に粘着性のある魔物の体液を塗りつけた簡易吸盤を採用した。使い捨てではあるが、一時的な効果としては十分な粘着力があるからだ。

『こちらオニキス、無事巡回をやり過ごしました！　目的地まであと少しです！』

『油断するなよ』

『了解！』

どうやら何とかなったらしい。正直他人に任せるというのは、こういう時ヤキモキする。けど、この件で俺が動く訳にはいかない以上、彼女達に任せるしかない。

『こちらルビー、目的の部屋に到着、オニキス達に見張りを任せた』

ラザリアから通信が入る。なんとか目的地に到着したか。もっとも、本番はここからだが。

『よし、迅速《じんそく》に魔法陣を写せ』

『あれ……？』

しかしそこでラザリアの声が途切れる。

嫌な予感がする。

『……どこにも魔法陣なんてないぞ？　ただの普通の石の床だ！』

『そんなバカな!?』

どういう事だ？　あそこには俺を帰すための逆召喚の魔法陣があったはずだ。仮に別の部屋に新しい魔法陣を作って召喚術式の研究に集中していたとしても、元の部屋にあった逆召喚陣は過去に召喚した勇者を帰還させた実績がある。わざわざ消す理由がない。

そもそも魔法陣というのは、何度も描き直すものじゃない。魔法陣は複雑な計算式から成り立っており、描き込む際には文字を間違わないように細心の注意を払う必要がある。

さらに言えば、魔法陣を描く際に使うインクも特別製だ。これは高い質を要求される、非常に高価なものである。だから、再利用出来る魔法陣を消す意味はないのである。

魔法陣はそのまま保存しておき、劣化したら描き足すのが普通だ。なお、これらの知識は、エアリアと魔導王国の女王の受け売りである。

ともあれ、そうした理由があるので、魔法陣を消す理由は全くない。だからこそ　俺は今回の潜入計画を立案した訳だし。

部屋を間違えたか？　いや、いくら何でもそれはないか。

可能性があるとすれば……

「俺を元の世界に帰さないためか？」

導き出された答えは一つだけだった。異世界の知識を持つ俺を、理由を付けて帰したくないという事だろう。

『それで、どうするんだい⁉』

思考に没頭していた俺の耳に、ラザリアの声が響く。

そうだ、今は考え込んでいる時じゃない。何をするかだ。時間だっていくらもない。グズグズしていたら夜が明けてしまう。

『作戦変更だ。役割を変えて、サファイアのチームが動け。西側に塔があるだろう？　そこに逆召喚術式関係の資料があるはずだ！』

『でも私達じゃ、どれが目的のお宝か分からないわよ⁉　魔法の知識なんてろくにないんだから』

『構わない！　本や書類を手当たり次第に魔法の袋に詰め込め！　この際、後でバレても構わん！』

『分かった！　そういうのなら得意だよ！』

こうなっては後先の事など考えてはいられない。ともかく、俺はあそこにいないので、誤魔化しようはいくらでもあるのだ。

正直、他人に危険な事をさせて自分は安全な場所にいるというのは、危険な場所に自ら行くよりも神経が磨《す》り減る。幸いだったのは、彼女達が盗みに慣れていて、積極的に俺達の授業を受けてくれて、何よりこの個別通信魔法を学べた事だ。

個別通信魔法。

それはこの世界に残っていた生活魔法の通信魔法とは、系統の違う魔法である。

通常の通信魔法は特定の施設を使い、超長距離での通信を可能とする。ただその性質上、通信を傍受する魔法に弱いという欠点がある。だから、本当に重要な情報は扱う事が出来なかった。

だが、サリアから教わった個別通信魔法は、使える範囲こそ通常の通信魔法よりも狭いものの、複数の相手と同時にやり取りが出来、さらには通信傍受魔法に対して秘匿能力があった。

つまり、こうした特殊な作戦で遠方から指揮を執るのにうってつけの魔法なのだ。

遠く離れていても、リアルタイムで指示が出せる。これは本当にありがたい事である。

通信機のない時代の戦争で、携帯電話を使って密に連携を取れたらどれだけ脅威か。

作戦の読み合いに負けて相手に待ち伏せされたり、敵に策を読まれて利用されたりといった、歴史の教科書にも出てくるような合戦。それらの戦いの結果は、携帯電話があれば逆転していた事だろう。この事は俺の歴史の先生もよく言っていた。

俺は今、それをまざまざと実感している。

この個別通信魔法がなければ、今頃ルビーとオニキスチームは天井に隠れる事も出来ずに、兵士と使い魔に挟み撃ちにされていただろう。最悪、誰かが捕まっていたかもしれない。そうならなかったのは、ひとえにこの魔法のおかげだ。サリアには感謝しないとな。

『ダイヤのボス！　全部魔法の袋にぶち込んだよ！』

サファイアチームから作戦完了の連絡が入る。もしもの時のために、魔王の秘密宝物庫で手に入れたお宝の一つ、魔法の袋を彼女達に貸し与えておいて本当に良かった。

いや、元々この状況を想定していた訳ではなく、彼女達の役に立つ装備を入れておくために貸し与えたものだったんだが。

『よし！　全員即座に離脱！　最後まで見つからないように注意しろ！』

『『『了解！』』』

後日、見事任務を果たした少女達は、変装して合流ポイントまで転移してきた俺に回収され、数百キロ離れた土地へ逃げ切ったのだった。

ともかくこれで勇者逆召喚術式ゲットだぜ！　資料を全部盗ったのだから、その中にあるのは間違いないだろう。

なおこれは割と重要な事なのだが——

後日になっても、逆召喚魔法を含めた宮廷魔法使い達の研究が盗まれたという情報は、俺に伝えられる事はなかった。

◇

勇者逆召喚魔法に関する資料をゲットした俺達は、盗賊娘達の村へと帰ってきた。

だが、村の様子が何やらおかしい。

「どうしたんだい!?」

ラザリアが近くにいた盗賊娘に声を掛けると、盗賊娘は安心したのか目を輝かせてこちらに向かってくる。

「良かったー！　お頭達がいなくてどうしようと慌ててたんですよ！」

「いいから報告を先にしな！」

「あ、はい！　魔物が来たんです！」

ラザリア達に緊張が走る。

「戦えない連中の避難は!?」

「やってますけど、今日は複数の方向から攻めてきてて」

「ちっ、連中も頭使ってきたね。アタシ等も迎撃に向かうよ！」

「「「了解です！」」」

ラザリアの命令に従い、忍者娘達が駆けだしていく。

その時、木の上にいる見張りが、魔物の襲来を告げる声を上げた。それを聞いた娘達が弓や槍《やり》を手に村の外へ向かっていく。

「なぁ、この村って結構魔物の襲撃があるのか？」

「そうだねぇ。前ほどじゃないけど、今も定期的に襲撃はあるよ。なにしろ街道沿いの町を襲うよりもこっちの方が立地的にも襲いやすいからね」

俺の質問にラザリアが答える。彼女もまた手に弓を持って村の外へと駆けだしたので、俺もそれに追行する。

以前に村の少女達からも聞いていたが、確かに森の中の村だもんだな。魔物としては、わざわざ遮蔽物《しゃへいぶつ》のない平地の町に襲撃を掛けるよりもよっぽど楽というものか。隠れながら襲えるし。

ラザリアがふと呟く。

「最近はどこの町も白くて硬い壁がぐるりと囲ってるもんだから、魔物達も町を襲えなくなったみたいなんだよね」

「白くて硬い壁？」

それってまさか……

俺の背筋を冷たい汗が伝う。

「噂じゃ、勇者様が広めた魔物避けの壁なんだってさ」

ラザリアがニヤリと笑いながら「勇者様」の部分をことさら強調する。

はい、俺が原因でしたぁぁぁぁぁぁ！

なんてこった、町の人々を守ろうと広めた防壁が、町の住人でない盗賊娘達を危険にさらしていたなんて。

確かに盗賊の身の安全なんてかけらも考えていなかったが、さすがにこの子達の身が危険にさらされているとあっては放ってはおけない。

「俺も手伝おう」

「助かるよ、トウヤ！」

ラザリアが感謝の言葉を告げてくるが、すみません、俺が原因なんであんまり喜ばないでください。

いやマジで。

「まぁ気にしなさんな。アンタは善意でやったんだろう？」

俺のせいで大変な目に遭っているというのに、ラザリアは優しく俺を宥《なだ》めるのだった。

◇

「アースバインド！」

土属性の拘束魔法で魔物の動きを封じ、魔力を足の裏に収束させた高速歩法「縮地《しゅくち》」で魔物達の横を通り過ぎる。

ただそれだけの動作で、切れ味のみを追求した魔剣・偉大なる剣帝《ノーブルカイザード》は魔物達を横一文字に切断した。

魔物達の上半分がスライドして地面に落ちると、少女達の黄色い歓声が上がる。

「トウヤ素敵！」

「かっこいー！　抱いてー！」

もっと褒めていいんやで。正直、勇者時代には大勢の人がいる場所で戦う事って少なかったからな。こんなストレートに褒めてもらえるのは、初めてじゃないだろうか？　しかも全員美少女。

俺は良い気分で、魔物達をなます切りにしていく。

そうして、あっという間に魔物達の死骸《しがい》の山が出来上がった。

「こんなもんかな」

俺が倒した魔物達を一ヶ所に集めると、安心した少女達がやってくる。

「大したもんだねぇ。さすがは勇者様だ。アタシ等じゃデカいのは倒しきれないし、戦えない連中が逃げるまで時間稼ぎをするので精一杯だよ」

ラザリアが積み上げられた魔物を見上げ、ほぅとため息を吐いた。

それは、自分達を苦しめた魔物達に対するざまぁみろという感情から出たものか。それとも、これでしばらくは仲間達が危険な目に遭わずに済むという安堵《あんど》のため息か。

「あんまり派手に動きたくなかったから、ちょっとばかし時間を掛けたけどな」

「こんなに早くてかい!?」

ラザリアが驚きに目を見開く。

そうなのだ。広範囲を攻撃する大魔法を使えば、戦いは一瞬で終わっていた。だがそうしなかったのは、森を破壊したくなかったのと、この場所で何かが起きている事を外部の人間に知られたくなかったからだ。

ここは盗賊団の村。今この村の存在に気づかれると非常にまずい。この村の存在をバラすのは、村を復興させ、少女達に盗賊以外の仕事を与えてからでないといけない。あくまでも隠れ里として機能させ、誰かが来ても普通の仕事をしている村だと認識してもらわないと。

「さて、魔物を解体して毛皮や肉を確保するぞ」

俺がそう宣言すると、盗賊娘達が歓声を上げる。

「今日は肉パーティだーー！」

そんなにお腹減ってるんですか君達は。いや、実際こんな所に住んでいるんだから、食に不自由しているのかもしれないな。

「ラザリア、魔法の素質のある子には、氷の魔法を優先して教えた方がいいかもしれないな」

「なんでだい？」

ラザリアは突然魔法の話をしてきた俺に説明を求める。

「氷魔法が使えれば、余った肉を凍らせられるから、食べ物を腐らせずに長期間保存出来る。凍らせれば塩漬けする必要もないしな。それに氷は溶かせば水になるから、日照りで水不足になっても安心だ」

「なるほどね。攻撃魔法がそんな事に使えるのかい」

攻撃魔法を生活に利用する事はバラサの町でも説明したが、むしろ彼女達の方が氷魔法の恩恵にあずかれるかもしれない。

というか、田舎の村にこそ氷魔法は広めるべきだろうな。

「トウヤー！　解体手伝ってー！」

考え事をしていたら、盗賊娘達から応援を要請されてしまった。

「分かったー！　今行くー！」

まずは目先の事が優先だな。後の事はそれから考えよう。

◇

「じゃあ今日は、村を守るための壁を作るぞー」

「「「はーい！」」」

逆召喚術式をエアリア達に任せている間、俺は盗賊団の村の復興を続けていた。

そういえば魔王就任の式典準備があるが、逆召喚術式が撤去されていたという裏がある以上、今の俺に魔王になるメリットはない。というか危険の方が多い。なので、そっちは無視する事にした。

それに王都の連中は今、それどころじゃないだろうしな。なにせ王都の研究棟に賊《ぞく》が入ったのだ。

「……これでコンクリートが出来た。後は枠の中にそれを流し込めば作業は完了だ。コイツが乾燥すれば、ゴブリンのような下級の魔物を警戒する必要はなくなる」

「じゃあ、夜の見張りや巡回をしなくてもいいの⁉」

「夜の見張りって眠くなるよねー」

少女達が夜の安全を確保出来ると聞いて喜びの声を上げる。

彼女達は名の知れた盗賊団だが、一人ひとりはただの少女でしかない。

夜の闇に乗じて村を襲う魔物の相手はストレスだった事だろう。特にこの村は追手から隠れるために森の中に作られているから、なおさら危険度が高い。

念のため、後で村の周囲の木は伐採しておこう。木に登って上から壁を越えられても困るからな。

「デカい魔物が来たら危ないから、一応、見張りは残す事になるな。この壁が完成したら、次は畑を囲う複数の壁を作るぞ」

俺は地面に木の棒で村を囲う壁を描き、その横に複数の畑と壁を描いた。絵的には、いくつもの壁が並んで繋がってる感じだ。片方の壁が壊されても、もう片方の壁の中に逃げ込む事で時間を稼げる構造である。壁に付ける扉は後でどこかの町に製作依頼しに行こう。

これなら畑が半分になってもサリアの植物成長魔法を使えば、すぐに野菜の収穫が見込める。なので分割しても、収穫量には不安はないだろう。食料自給率は大切なのだ。

そうして村の経済を安定させる事が第一の復興。

第二の復興は、外部との取引だ。

村だけで経済が完結してしまうと、何か起きた時にあっという間に村が崩壊しかねないからな。

まぁそれは追い追い考えるとして、まずは村の中の整備だと考えていたら、少女が声を掛けてくる。

「この壁が出来ると、上から獣を狩るのも楽になりそうだね」

フム、狩りの補助か。確かにそれはアリかもしれないな。

「よし、森の中に、危険な魔物に襲われた時のための避難所も作ろうか」

「え!? ホント!?」

少女達が再び喜びの声を上げる。

「ああ、木の上に休憩所を作って、ロープで登って魔物から逃げられるようにしよう」

俺の脳裏に、アニメに出てくるような樹上ハウスがイメージされる。さすがにそこまで本格的にしなくても、木の板を組んで枝の上に簡単な休憩所を作るだけでもだいぶ生存率が上がるだろう。

少女達は忍者として教育されているから、木の上に登るなどお手の物だし。

後は、バリスタのような据え置きの大型弩砲《どほう》を用意してやるのもありかな。メンテと取り扱いを考えて、出来れば簡単な構造のものを作りたい。確か歴史の授業で、昔の攻城兵器とかの話があったっけ。あの先生、変な豆知識をやたら持ってたからなぁ。

◇

それから俺は、一人になって考え込んでいた。

先日、俺が育成した忍者娘達に命じて、ハジメデ国の王宮から手当たり次第に魔法関係の書類を盗ませたのだが、それについての連絡が国側から一切来ない事についてである。

逆召喚術式の資料が盗まれるという事件が起こったというのに、当事者の俺に連絡がないのはおかしい。

このバラサの町では、以前のように通信魔法で王都と連絡が可能になっている。さらに言えば、俺が街道に作った安全地帯があるから、往来も以前に比べて非常に安全だ。だというのに、例の事件から一週間が経過したにもかかわらず、何の音沙汰もないのだ。

こうなると、考えられるのは二つ。

一つは、逆召喚術式の資料が盗まれたという責任を追及される事を恐れたから。これにより、勇者である俺が王国の復興協力を拒絶する可能性もあるという事で、伏せられたと。

そしてもう一つは、王国側が俺に教える必要がないと考えている場合。

これはもう俺を元の世界に戻す気がないから、盗まれても全く困らないという事だ。

何かしら理由を付けて研究が進んでいないと言えば時間を稼げる訳で、その間に俺から搾《しぼ》り取れるだけ知識を搾り取ろうと考えている可能性も高い。

今の状況で正しい答えは分からないが、それでもハジメデ王国が俺に事実を隠そうとしている事に変わりはない。

手に入れた術式の資料は、すでにエアリアと協力者達に渡してある。後は研究が実を結ぶのを待つだけだ。とはいえ、それまでの間何もしないという訳にもいかない。

このままだと俺は魔王になって、最悪勇者の力を失う。逆召喚魔法陣が撤去されていたので、弱体化しても元の世界に帰れる保証もない。

だから、最悪の事態を考えて色々と準備をする必要があるのだ。

例えば隠れ家を複数作り、財産を世界に分散させるとかだな。

また、復興作業として世界各国に出向き、これまで行ってきた復興計画を実行してもらう事で、各国の財力を一時的に大きく下げるというのもいいかもしれない。復興にはそれなりに金が掛かるからだ。そうして各国が復興に一生懸命になっている間に、俺は逆召喚魔法を何とかすると。

ただ、これを実行するためには一つの障壁がある。

以前、世界各国の代表者達が集まって行われた会議で明らかになった事だが、俺の提唱する復興計画を実行するには、ある程度以上の国力を持っていないとその予算を確保出来ないという問題があった。

だが、世界同時復興計画は大国主導で強制的に決定された。そして弱小国家の王達は、それに逆らう事が出来なかった。とはいえ、ない袖は振れぬという言葉があるように、金がなければ復興も出来ない。

ならどうやって復興するのか？

簡単だ、借金をすれば良い。否、借金をさせるのだ。

そんな訳で弱小国は、世界同時復興を成し遂げるため、手を差し伸べてくれた大国の善意にすがって借金をする事になったのである。勿論その善意は、どす黒く汚れた善意であるが。

だから俺は、その善意に付け込む事にした。つまり、善意の借金を受けるのを本心では嫌がっていた弱小国の王達と非公式に接触し、無利子無担保で金を貸したのだ。大国に借金をしなくて済むように。

当然、彼等は俺の申し出を喜んで受けてくれた。

大国に弱みを握られるくらいなら、真意は分からないが勇者から融資を受けた方がはるかにマシなのだろう。ついでに言えば、俺と弱小国の王達は、大国の王達に比べれば仲が良かった。

日がな一日他人を利用し搾取する事しか考えない大国の貴族と違い、弱小国の貴族達は日々を生きるために副業をしたり、借金に追われたり、魔物を退治したりしていたため、その分勇者である俺の活動に接する機会が多かったのである。正に貧乏暇なしだ。

だが、そのおかげで彼等は魔物と肌で戦う危険を感じ、勇者として戦う俺に敬意を表してくれた。

まぁ中には大国の貴族同様に、自分の懐を暖める事しか考えていない貴族もいたが。

何しろ弱小国の貴族は、大国と違って転移魔法や通信魔法の使い手を確保出来ていない。予算が少ないからだ。

そういった国は、俺の魔王就任会議があった事さえ知らなかった。

それを俺から知らされて、怒りをあらわにする王もいたくらいだ。

ともあれ、そうした理由もあって、俺は弱小国の王達に復興予算の支援をした。

率先して指揮を執ったり知恵を与えたりするだけでなく、シンプルに金を与えるのも復興には必要なのである。

勿論、与えるだけではない。

俺にもメリットはある。それは大国に対して敵対意識を持ってもらう事だ。

大国から金を借りていたら、間違いなく弱小国は属国として益々力を削がれていた事だろう。

ほら、日本も参勤交代ってシステムで藩の財政を意図的に圧迫させるってやり方してたし。

大国から借金をしていたら、それに近い事になっていた可能性が高い。

勿論弱小国の王達もそれは重々理解していた。

だから俺は、彼等がいつか大国に対抗出来るように、大国には与えていない知識を裏で与える事にした。

弱小国の国力を増し、いつか大国に影響を及ぼす事が出来るように。

当然、一年二年で芽が出る計画ではない。

だが、いつ元の世界に帰れるか分からない以上、将来を見据えた活動をする時機《じき》に来たのだろう。

まぁ、元の世界に戻れたら、それはそれで構わないしな。

そうなったら弱小国の王様達は、俺からの借金を返す必要もなくなるので万々歳である。

とはいえ、それだけだと弱小国にメリットしかないので、こまごまとした要求などはさせてもらう事にした。

例えば、勇者ではない赤の他人名義の居住権を取ってもらい、弱小国にダミー戸籍を用意させたりとかだ。王から資料を作る部署に直接命令が下るので、情報が漏洩する危険は限りなく少ない。

俺はこうしたダミー戸籍を複数作って、いざという時の備えにした。

そしてもう一つ、俺は商売を行う事にした。それは金貸しである。

勇者として旅をしていた時に知り合った信頼出来る人間達を現地社員として雇い、大国で弱小貴族や弱小商人向けの金貸しをする事にしたのだ。

その目的は、遠回りな方法だが、貴族の権力と、商人としての縄張りを手に入れるためである。

勿論これ等も、大国の力を削ぐ事に繋がる。

商売相手が弱小貴族では心配だろうが、問題ない。

確かに上位の貴族の力が圧倒的に上であり、弱小貴族がどれだけ声を上げても上位貴族には勝てない。ただし、それは一対一での話だ。

圧倒的な数の弱小貴族達が、たった一人のそれなりの名家である貴族に対して訴えを起こしたら？

普通なら相手にもならない。だが、数が揃えば上も動かざるをえなくなる。

なぜなら数は怖いからだ。

問題を起こした貴族を複数の弱小貴族が訴え、その訴えが不当に棄却された場合、訴えた貴族達はどう思うだろうか？

しかもその貴族達の治める領地が近くにあったら？

さらにその時、敵対する国家との関係が芳《かんば》しくない状態だったらどうなる？

当然国は国家の安定を図るため、訴えを起こした多数の弱小貴族が敵国に寝返らないように、それなりの貴族の方を有罪とするだろう。

時と場合によっては、数は権力を凌駕《りょうが》する。

いくら一人で拳銃を持っていても、何万人もの暴徒と戦って勝てはしないだろう。それと同じだ。

商人に関してはもっとシンプルだ。乗っ取った店から、勇者の知識で作った商品を売る。ただそれだけで良い。

異世界の知識で作られた品は、シンプルに良い品だ。当然飛ぶように売れる。というか、実際に試作品として作った商品が結構な勢いで売れている。

売ったのは紙だ。

羊皮紙などではない、俺達の知っているあの紙である。

数が少ないのもあって、アホみたいな価格で売れた。通常の紙の三倍の値段で市場に出しても問題なく売れてしまったのである。正直笑いが止まらない。歴史の先生から習った紙の作り方をちょっと実行しただけでこれだ。このまま製紙技術を独占すれば、一生金に困らないのは間違いない。

ちなみにこの勇者商品である紙の量産については、ラザリア達盗賊娘に任せてある。俺は彼女達に紙の作り方を教え、戦いよりも商売の得意な娘達に販売を任せる事にした。

彼女達は、表向きには魔王軍の襲撃により故郷を滅ぼされて逃げてきた商人の娘、という設定にしてある。元盗賊娘なので荒事《あらごと》も得意。俺達の教育でさらに強くなっているので、誘拐されて力ずくで紙の作り方を教えさせられる心配もない。仮に捕まっても、通信魔法で自分の場所を教えて、仲間達が救いに行くという寸法にもしてある。

これでもう彼女達が盗賊稼業に手を染める心配もない。製紙技術の秘密を守るために戦闘技術を磨き続ける必要があるが、それも俺達がいるので問題ないだろう。

そんな訳で、勇者商品が売れる事が分かった俺は、紙をメインの商品として商売を本格始動した。目的は、大国の金を国外に放出させるためだ。

全ては国家間の力の差を減らすため。そして俺にちょっかいかけてくる連中が手を出せなくするために、俺は陰から大国に対して経済戦争を行う事にしたのだった。

勇者の力を利用するだけ利用して放り捨てようと考えている連中に、俺は望みどおり勇者の知識を使って世の中を住み良くしてやる。

もっとも、その後大国の国力がどうなるかは、全く別の問題ではあるのだが。

第八話　勇者、本気で帰れなくなる

森の中に、現地で木材を調達して軽い休憩所を複数作った俺達は、ついでに夕飯として適当にイノシシなどの獣を狩ってから村に帰ってきた。これで今夜は焼肉パーティだ。こないだも肉パーティだったたな。野菜も食べさせないと。

魔法の袋には塩や胡椒《こしょう》などの調味料も入ってるので、村の少女達も喜ぶだろう。最近殺伐としてたから、こういうのもいいなぁ。

『トウヤ、ちょっと良い？』

そこで、エアリアから個別通信魔法で連絡が入った。

『どうした？』

『逆召喚魔法陣について話したい事があるの』

何か進展があったのかな？

『分かった。今から行く』

魔法通信を切ると、俺は近くにいた少女達に出かけるから夕飯はいらないと告げておく。

出かける際の連絡は大事だからね。

ただ、みんなで一緒に食事が出来ない事に、少女達は不満そうだった。みんな仲良しさんだなぁ。

◇

「よっ、久しぶり」

俺は二週間振りに再会したエアリアに挨拶をする。

「ええ、久しぶりね」

しかしエアリアの表情は冴《さ》えない。どうやらあまり良くないニュースのようだ。

「で、用件は？」

「実物を見せながら説明するわ。こっちに来て」

エアリアが俺に背を向けて、建物の奥へと進んでいく。

ここは俺の知人が所有する空き家だ。元はとある商人の所有する屋敷だったのだが、色々あってその商人は屋敷を引き払った。で、それを格安で借りる事にしたのだ。

勿論お値段は知り合いの善意である。いやまぁ、対価は支払ったよ……主に体で。

この屋敷の良いところは、ただ大きいだけではなく倉庫がある事だ。元々商人の屋敷だったので、商品を仕舞っておくための倉庫は必須だったという事だろう。俺達はその倉庫を利用して、逆召喚魔法陣の研究を行う事にした。倉庫に入ると、数人の魔法使い達が床に描かれた魔法陣を指差しながら話し込んでいる。彼等は大半が俺達の知り合いで、かつて魔王と戦う旅をしていた時に出会った連中だった。

「トウヤを連れてきたわ」

エアリアの声に反応した魔法使い達がこちらに気づく。

「おお、勇者殿ではないか！　元気だったか⁉　いや答えなくても良いぞ！　詳細はお嬢から聞いているからな！」

いきなり人に質問しておきながら会話をぶった切ったのは、魔導王国の学園と呼ばれる魔法使いの教育機関で教鞭《きょうべん》を執っていた通称、教授。本名は誰も知らない。同僚でさえもだ。

もう分かっただろうが、自分で話を振っておきながら勝手に会話を完結させる、非常に扱いにくい人物である。彼とまともに会話するには肉体言語で呼びかけ、声を発する事を出来なくしてから話しかける必要がある。人格に問題はあるが有能な男だ。

「やぁトウヤくん、久しぶりだね」

次に挨拶をしてきたのは、ローブ姿の温厚そうな魔法使いことドクターだ。名前のとおり医者、正しくは薬師《くすし》だ。定期的に生徒や赤の他人を実験台にするが、薬の性能は非常に高い。

基本マッドだが、善意で薬をくれるので貧民達からは神のように崇《あが》められている。たまに悲鳴が上がるような薬を飲まされる時以外は。

「たくさんの女の子達の相手は大変そうだね。ああこれは新開発の精力剤だよ。良かったら飲んで、感想を聞かせてほしい」

流れるように人を実験台に使うのはやめてほしい。

「大丈夫だよ、ちゃんと死なないから」

死ななければ良いという考えはどうかと思うんだ。後なんでこの人を誘ったんだ？　薬学は関係ないと思うんだが。

「お前を元の世界に追い返すための研究をすると聞いて、来てやったぜ」

なんかいかにも少年漫画のライバルみたいな台詞を吐いたのは、ジャック・マジシャン。

いわゆるツンデレキャラで、基本人の役に立つのが好きな、しかし会話をするのがとっても面倒な男だ。無駄に有能なのと善人なので、エアリアが協力を要請したらしい。

コイツだけはエアリアの祖父とは完全に無関係な、俺達の個人的な知り合いだ。かつて魔導都市で冒険をした時に知り合った男で、それ以上は面倒なので語りたくない。

ゲームでよく出るオジャマキャラといえばご理解いただけるだろうか？　敵に回ればうっとうしいが味方に回ってもうっとうしい。そんなヤツである。あと動物が大好きという、お前は雨の日に捨てネコに傘をさしてやる不良か！　みたいなキャラでもある。

他にも何人かの魔法使い達がこちらに挨拶をしてきたので、こちらも礼をする。皆魔王と戦う旅で出会った人達ばかりだ。正直記憶にない顔も多いが。

「さて、それじゃあ俺が呼ばれた理由を聞こうか」

俺はエアリア達を前に本題へと入る。

しかし当のエアリアは言うべきか否かためらっているのか、なかなか話を進めようとしない。なんというか、すでにこの時点で良くない話なのが丸分かりである。

「代わりに僕が説明しようか？」

「い、いいえ。大丈夫です。私が説明します」

ドクターが口ごもるエアリアに救いの手を差し伸べるが、エアリアはそれを辞退し、自ら語る事を選んだ。

言いづらそうにしながらゆっくりと口を開く。

「トウヤ……貴方《あなた》から渡された勇者逆召喚魔法陣の資料を確認したわ」

ふむふむ。

「でね、その資料を解析した結果、私達は答えを導き出したの」

さてさて、どんな答えやら。まぁ悪いものだというのは間違いないが、予想以上か予想よりはましか？

「貴方を元の世界に帰すのは……無理だったわ。少なくとも今は」

ふむ、まぁ予想どおりか。そもそもあの魔法陣も撤去されてるもんな。

「ところで、少なくとも今はって言ったけど、それはどのくらい掛かるんだ？」

エアリアが首を横に振る。

「何年掛かるかは分からないわ。でも、時間を掛けて術式を一から組み直していけば、いつかはトウヤが元の世界に帰る方法も見つかるかも……」

なんとも心細い話だ。ていうか、モロに一から作り直すって言ってるよな。

まぁそれは良い。良くはないが、すでに覚悟していた事なので、まだ耐えられる。

問題はこれからだ。

「で、逆召喚術式なんだが、一体どういう術式だったんだ？」

エアリアの顔があからさまに曇った。この時点でもう聞くまでもないって感じだ。

「単純に言えば、召喚魔法の逆、つまり送り出す術式だったわ。ただし、送り先の設定が出来ない、どこに送られるのか一切分からない不完全な術式だったわ」

おいおい、それって。

「確か王宮の魔法使いは、俺の魂が元の世界に戻ろうとするって言ってたけど？」

「口だけでしょうね。魔法陣の中にはその類《たぐい》の術式はなかったし、そもそも送り出した勇者から元の世界に戻ったという報告を受けた訳じゃないわ」

「なぁ、それじゃあ今までこの世界から逆召喚術式で帰還した勇者達は、どうなったんだ？」

聞かない方が良い、むしろ聞いてはいけない答えを、エアリアは告げた。

「運が良ければ別の異世界へ。最悪の場合は、そのまま次元と次元の狭間《はざま》を永遠に流され続けるわ」

ぞっとした。

予想は出来たが、専門家である魔法使いからはっきり言われると、その絶望感は半端ない。

あの日、もしも逆召喚術式が成功していたら、俺は運が良くても見知らぬ土地、知人が一人もいない世界を死ぬまでさ迷う事になっていたのかよ。この世界にすら帰る事も出来ずに、孤独な終わりを迎えていたのかもしれなかったのか。

「エアリア」

俺は、自分を知る女の名前を呼ぶ。この世界で俺が何をしたのかを知っている女の名前を。

「……何？」

よく見ればエアリアの顔色は悪い。というか顔面蒼白だ。

よほど術式を調べた結果がショックだったのだろう。当然だ、この魔法はよく言えば流刑《るけい》、悪く言えば謀殺《ぼうさつ》だ。舵のない船に乗せてたった一人大海へ放り込むに等しい所業だ。

運が良ければ未知の大陸へ、運が悪ければ海の藻屑《もくず》になる。最悪なのは、どうあがいても元の大陸には帰れない事。なにしろ、世界が繋がっていないのだから。

「なんでこんないい加減な魔法で俺達勇者を送り返してきたか、予想出来るか？」

「……たぶん、勇者がいると困るからだと思う。魔王を倒すって事は、世界で一番強いって事だから」

だよなぁ。俺は頭を抱える。

この世界はそんな事を常態的に行ってきたのだ。しかも勇者召喚は一国だけで行う訳ではないと以前聞いた。複数の国が勇者を召喚し、同じようにいい加減な逆召喚で送り返したのだろう。そう考えると、なんと低コストな戦力増強法なのだろうか。

異世界から自国民以外の誰かを呼ぶ。そいつは神の加護を持っているから、才能のある一般人を一から鍛えるよりもよっぽど早く戦力になる。

元の世界に戻りたいという気持ちを利用し、戦わずにいられない状況に追い込んで背水《はいすい》の陣で戦わせる。そして用が済めばダストシュートで、はいさよなら。

なんと恐ろしいシステムなのだろうか。

勿論そうならなかった勇者もいただろう。

元の世界で問題を起こして逃げたかった勇者、元の世界に絶望して見切りをつけた勇者、異世界で英雄として持《も》て囃《はや》される方が良いと判断した勇者。この世界に残った方がメリットがあると判断した勇者は幸運だったのだろう。

「まいったな」

ほんとこの一言しか出てこなかった。術式の解析に協力してくれた魔法使い達も、何と言って慰めれば良いのやらといった風情だ。さっきの挨拶でのノリは、俺が緊張しないようにとの気遣いだったのかもしれない。

「えっと、でも逆召喚の術式はある訳だし、トウヤが元の世界に行き着くための魔術式が出来上がればいつかは帰れる……かも……」

俺を励まそうとしたのだろうが、自分でも無理があると思ったのか、エアリアの言葉は次第に尻すぼみになっていった。

「良いよ、何となく予想は出来ていたから」

そうだ、予感が事実になった、ただそれだけだ。だからそれ以上は考えない。考えてはいけない。今それを考えてしまったら、きっと我慢が出来なくなってしまうから。

それはいけない。それでは目の前の、俺を勇気づけようとしてくれている少女を悲しませてしまう。男は涙を見せてはいけない。女を悲しませてはいけない。

だから、考えるな。少なくとも今は。

「いやー、せめて元の世界にいる家族に連絡が出来ればなぁ」

俺は精一杯感情を制御して軽口を叩く。大丈夫だ、笑顔を見せろ、笑い続ければそれ以外の表情にはならない。

「え？」

と、そこでなぜかエアリアが反応する。

「いや、この世界に定住するにしても、せめて家族に連絡だけは取りたいなぁって」

「……」

俺の言葉に、エアリアが真面目な顔になる。

「どうした？」

「家族と連絡出来れば良いの？　それだけで？」

「あ、ああ。俺は無事だって、生きているって家族に伝える事さえ出来れば、最悪帰れなくても諦める事は……出来る」

そうだ、俺は家族に何も言えずにこの世界に来た。だからせめて、家族に俺の無事を知らせたい。けど、それは無理だって分かってる。分かってるから大丈夫だよ。

「……分かった。やってみる」

「え？」

予想もしなかった事をエアリアが言う。

「私、トウヤがこの世界で安心して暮らせるように、元の世界と連絡が取れる魔法を作ってみる！」

ちょっ、なんか凄い事言い出しちゃったよこの子。いくらなんでも無理だろそれ!?

「か、簡単に言うけど、難しくないか？」

「凄く難しいと思う。でも生物を異世界に送るよりは、声を届けるだけの方が簡単だと思う。逆召喚術式を解析して通信魔法を応用すればもしかしたら……それだったらサリアにも手伝ってもらえるかも」

何やらエアリアがやる気になっている。これは……任せて大丈夫なのか？　頼んじゃってもいいのか？　期待してしまってもいいのか？

「正直、世界の復興とかあんまり興味なかった。貴族は自分達の事ばっかりだし、平民も自分達が生き残るために他人を犠牲にして、戦おうともしなかった。でも、トウヤのためなら、私頑張れるから。トウヤが喜んでくれるなら、私魔法の研究をするわ！」

さっきまで沈んでいたとは思えないほど、エアリアはやる気に満ちていた。

それは自分の成すべき事を見つけた人間の顔だ。やめてくれよ、そんな顔を見せられたら出来っこないなんて言えなくなるじゃないか。期待しちまうじゃないか。

「だったら、俺達も協力するぜ」

エアリアに同調して、ジャック達も声を上げる。

「そうだな、世界を救ってくれた勇者殿のために一肌脱ぐのも面白い」

「教授の本音は、自由に研究させてくれない国よりも、こちらの方が楽しそうだからでしょう？」

教授に対してドクターがツッコミを入れる。

「ははは、バレたか！　だが、世界有数の魔法研究者がこれだけ集まっているのだ。勇者殿の世界に連絡する魔法など簡単に出来るだろうさ！」

協力者の魔法使い達が笑い声を上げる。皆出来ないなんて思ってもいないのだろう。必ず出来るという自信に満ち溢れた笑顔を見せていた。

そこで、エアリアが俺に向かって言う。

「トウヤ、いいんだよ」

何が？　なんて聞けなかった。聞く必要もなかった。

エアリアの微笑みは、言葉よりも雄弁に語っていたからだ。

縋《すが》っていいよ、頼っていいよ。

そして、泣いてもいいよと。

俺はエアリアを抱きしめる。

抱きしめ、その胸に顔を埋《うず》める。

つまらない強がりだが、この顔を誰にも見られたくなかったのだ。

涙で濡れた、情けないこの顔を。

「……エアリア、皆、俺に力を貸してくれ」

それだけしか俺は言えなかった。

エアリアが俺の頭を抱きしめる。誰にもその涙は見せまいと。

「任せて！」

続けて、強く、力強く彼女は答えてくれた。

「「「任せておけ!!」」」

魔法使い達もまた、声を張り上げる。そこへ、魔法使いの一人が一言。

「じゃあ研究費はよろしくな！」

「それが本音かよ！」

くそ、オチをつけやがった！

まぁいい。どうせ金は余っている。せいぜい大金を使って研究を充実させてやるさ！　俺は金をケチったりなんかしないからな！

そして決断したからには、俺自身がこれから何をするべきかも決めないといけない。

「とりあえず、舐めたマネをしてくれた連中には、マジで経済制裁かまして国を傾かせてやる」

よし決めた！

復興はする！　ただし国は知らん！　むしろ潰す勢いで復興してやる！

どうせ俺を殺そうとした連中だ、どうなっても自業自得だろうさ！

「ああそうだ、これからが俺の本当の復興だ！」

第九話　エアリアの独白

ついにトウヤが、この世界に骨を埋《うず》める覚悟をしてくれたわ！

そこに至る経過はとても悲しくて残酷で、同じ世界の人間として本当に申し訳ないと思った。私達が怒ったところで、トウヤは諦めると言った。怒ったり絶望したりする訳じゃなく、私達を悲しませないために、出来ないなら仕方ないと諦めたのよ。

でもトウヤが救われる訳じゃないのにね。

そんなトウヤが、家族に声だけでも届けたいと言った。

それが、出来ないと分かっていても言わずにいられない、堪《こら》えきれない本音だったのなら——

私はその願いを叶えてあげたい！

だって魔法は、出来ない事を出来るようにするための学問なんだもの！

トウヤが安心してこの世界に骨を埋めてくれるように、私も全力で彼の願いをサポートしてみせる！

なんとしてでもトウヤのご家族に連絡出来るようにして、トウヤの無事を知らせてあげるのよ！

そ、そして……私の事をトウヤのご両親に紹介してもら……

キャー！　そんな事になったらどうしよう！

「父さん、母さん、この人が俺の愛する妻だよ。そしてこの子が俺達の愛の結晶さ」

なーんて事になったらどうしよう！　ああ、そうなるとご挨拶が先かしら、子供が先かしら？

今のうちにご両親への挨拶を考えておかないと。

お父様お母様、ご紹介に与《あずか》りました、トウヤさんの妻でエアリアと申しますって言えば良いのかしら⁉

やだ、まだ話せると決まった訳じゃないのに、心臓がバクバクしてきたわ。

落ち着いて、落ち着くのよ、私。

ご両親にご挨拶するのは、まだまだ先の話なんだから！

第一〇話　勇者、決意をする

大変な事が分かった。

勇者を元の世界に帰すと思われていた逆召喚術式は、全く非人道的な魔法だったのだ。

元の世界に戻りたいという勇者達の気持ちを利用して危険な戦いに赴かせ、戦いが終わったら、どこに流れ着くか分からないにもかかわらず、強引に送り返す。全く、とんでもない完全犯罪があったもんだ。

この事実を知った俺は、改めてこれからの身の振り方を考える事にした。

否、考えざるをえなかった。王族達が俺の力を削ごうと思っているのは間違いないのだから。

振り返ってみれば俺は幸運だった。復興作業はほとんど思いつきで始めた事だが、結果的にそのおかげで送り返されずに済んだのだ。いや、そもそも俺は魔力がありすぎて逆召喚魔法が発動しなかった訳だが、これまでの勇者達はどうだったのかな。魔力がそれほどなかったって事なのか……

ともかく今までどおり何も知らない振りをして、この世界の復興作業を手伝っていれば、少なくともその間は安全だろう。何しろ各国の役に立つのだから。

だが、復興が終わったらどうなるのかは未知数だ。たとえばどこかの国のお姫様あたりと結婚すれば、王族となって安泰《あんたい》かもしれない。その国の王族も義理の家族となった自分達に俺が牙を剥くとは思わないだろうからな。ただそれは、俺の子種を手に入れれば後は用済みにされる可能性があるので、あまり受け入れられない。

それはさておき、より重大な問題。

誰に、この真実を教えるかだ。

教えるも何もエアリアは今回の真実を突き止めてくれた本人だし、王家や貴族とも関係ない。なのでエアリアは味方と言って問題ないだろう。むしろ味方以外の何なんだという話だ。

次に信頼出来るのはサリアだ。かつて魔族の陰謀によって故郷を滅ぼされたサリアは、天涯孤独の身である。そんな彼女にとって信じられるのは、命の恩人たる俺しかない。そういう意味でサリアは信頼出来る相手だった。本人にとっては皮肉だろうが。

グレーなのがミューラだ。彼女本人は善良だが、教会という組織に属している以上、俺か教会かどちらかを選ばなければいけなくなったら敵対する可能性もある。こんな考えはしたくないが、かつて勇者として戦っていた時に、善良な人間であっても理由さえあれば悪に加担するという例を嫌と言うほど見てきた。だから現状ではミューラに事情を明かすのはやめた方が良い。

最後はバルザックだ。はっきり言って、限りなく黒に近いグレーといった風情だ。

魔王との戦いを初めから一緒に戦い抜いた戦友を信じたい気持ちはあるが、彼は俺に逆召喚の事を伝えなかった。知る事が出来る立場にありながらだ。仮に今回の事を知らなかったとしても、彼は貴族だ。その身分がために、俺を裏切る可能性はある。

なのでバルザックにも言えない。

ああ、魔王の娘シルファリアは論外だな。俺に魔王になれなんて言ってくる娘な訳だし。人間との戦いを扇動《せんどう》しかねない相手にこの事実を教えても面倒事しか起きないんだから、教える意味がない。とにかく今回の件で魔王の跡を継ぐのはキャンセル確定だ。

となると、これ以上の情報の拡散は避けたい。

そして、俺が今まで行ってきた復興活動も、少し方向性を変える必要が出てきた。

そう、変える必要が。

◇

場面は変わってとある道端にて。

「聞いたか？　村が消えたって話」

「ああ、村の人間が突然いなくなるって噂だろ？」

「ある日突然、僻地《へきち》の村から人が消える。しかも、村人達がどこか別の場所へ移動した形跡はなかったらしい」

「一体どこへ消えたんだろうな」

最初、それはただの噂だった。

人通りの少ない場所にある村から、人が忽然《こつぜん》と消えたというものだ。それだけなら気味の悪い噂話で済んだだろう。

だが、実際にその村に行った者が、もぬけの殻になった村を見たという。

「旅の商人の話だと、他の国でも同じ事が起きてるらしいぞ」

「マジかよ！　色んな所で起きてるって事はやっぱり魔族の仕業なのか？」

自分達に分からない事は、魔族のせいにして思考を止める。この世界の人々にはそういう傾向があった。

「さぁな。役人達は消えた村人達を捜してるって話だが、普通に考えれば魔物に襲われたってのが妥当なところじゃないか？」

「魔物？」

「ああ、勇者様が魔王を倒す前に魔物が大暴れしただろう？　その時に、大勢の騎士や兵士達が死んだり大怪我したりしたんだ。今でこそ復興が進んで、栄えている町の守りは元に戻ったけど、田舎の方の村じゃ未だに戦える奴なんてほとんどいないだろ」

「なるほど、そんな村なら弱い魔物が出ただけで簡単に壊滅するか」

「ああ、国はその事実がバレないように、村人が消えたって嘘をついているんだよ」

「なんでそんな嘘を？」

「そりゃお前。田舎の村から助けを求める使者がやってきても、復興で忙しい貴族や騎士団が手を貸すと思うか？　自分達の町の守りを手薄にしたくなくて無視したんだよ。そうでなけりゃ村の人間が丸ごと消える訳ないだろ」

「なるほどなぁ」

そうだったのかと、聞き手の男が納得する。

「こんな小さい町に住んでるんだ、俺達も気をつけた方がいいぞ」

「どういう事だ？」

「大きな町でないと、魔物に襲われた時に騎士団は動いてくれないかもしれないって話だよ。まだまだ復興は終わっていない、だからあまり大きくないこの町も、見捨てられるかもしれないって事だ」

「まさか」

脅された男はその悲観的な予想を笑った。ありえないと思って。だが、その声音にはかすかな揺らぎがあった。

そして、その揺らぎは今後、さらに人々の間で増していく事となる。

◇

「税を上げるだって⁉」

町の住人が悲鳴を上げた。

役人の説明では、増税は復興のために必要だという話だが、ここまで復興が進んだ状況で今さら税を上げる理由が分からない。

町の人々がこぞって説明を求めると、役人が答えた。

「我々も領主様からそう命じられたんだ。詳しい事は教えられていない」

知らない事は教えようがない。役人の返答は事実故に仕方のない事ではあったが、だからといってはいそうですかと納得出来る話ではなかった。住人達にとって増税は切実な問題だ。

復興事業で仕事は増えた。だが、それも最近は落ち着きつつある。また、魔王との戦いで若い働き手が戦場へ駆り出されて、そのまま帰らぬ人となった家庭は少なくない。

そうした事情もあって、増税は着実に家計を圧迫していた。

「なんて事かしら、このままじゃ子供達を養っていけないわ」

町の片隅で、女がうな垂れている。

「夫が死んで、息子も死んで、老いた親の世話もしないといけない。それなのに増税だなんて。娘はまだ働ける年じゃないし」

彼女はいわゆる低所得者というやつだ。

町の住民は、中央に住む者ほど豊かで古くから住んでいる。外周に住む彼女達は、後からやってきた外様《とざま》の住民だ。

女がぼそりと呟く。

「今は何とかやりくりしてるけど、このままじゃ税金を支払えなくなって、いずれ町から追い出されるか、奴隷にされてしまうわ」

奴隷に身を落としてしまう事は、この世界では珍しくない。

町というのは共同体である。危険な魔物や悪党から身を守るために人々は寄り添い、騎士達は人々を守るために戦ってくれる。だがその騎士達が戦っている間、彼等はお金を生み出さない。また体を鍛える訓練もしなければいけない。

だからこそ、税金が必要なのである。城壁を維持し、町のインフラを整え、安全に暮らせる場所にする。それに対して人々が支払う対価が税金なのだ。

払えない者に、町に住む資格はない。追い出されるか、奴隷になって町で住む権利を得るかだ。

ただし、奴隷といってもあらゆる権利が奪われる訳ではない。奴隷には複数の種類がある。

税金が支払えなくなった人間が町に住み続けるためになる労働奴隷。借金のカタなどで身売りする事でなる一般奴隷。そして犯罪で捕まった者がなる犯罪奴隷の三つである。

犯罪奴隷は犯罪者という事もあって、危険な仕事などをやらされる。文字どおり人権はない。

一般奴隷には主が何をしても許されるが、主以外の者が奴隷に手を出す事は許されない。

そして労働奴隷は、町の事業に無償で労働力を提供する事で、町に住むのを許可してもらう奴隷だ。言ってみれば、労働によって税金を免除してもらうのに等しい。もっとも、普通に働きながら税金を免除してもらえるだけの労働をするのは非常に困難だ。

故に、労働奴隷として働くのは、町の人々にとって最後の手段と言えた。それでもそれがいなくならないのは、町全体が困窮しているという事を意味している。

ちなみに労働奴隷は一定の労働期間を過ぎればその肩書きは消えるので、あまり奴隷という感じではない。だが、その労働内容は非常に辛いので、奴隷と呼ばれるのも致し方ないのだ。

女性がため息を吐きながら、もう一人の女性に言う。

「今年は労働奴隷になる人が多そうね」

「そうね、皆生活が苦しいもの。私達外側の人間はろくな仕事に就けないから」

いつの時代も、外様の人間が生きていくのは大変だ。

彼等は、かつての戦争などで住む場所を失った移民の子孫でもあった。

そうした事情もあって、外周は事実上のスラムとなっていた。夢も希望もないスラムに誰も期待なんてしない。そんなもの、何の役にも立たないからだ。

だというのに、ここに夢を与える者が現れた。

「だったら、俺の村で働かないかい？」

「え？」

女達は突然の声に驚き振り返る。

そこにいたのは、この辺りでは珍しい黒髪の若い男だった。

「貴方、誰？」

「旅の者さ。新しい村の住民を求めていてね。そのために、この町まで勧誘に来たんだ」

その若者は、とても胡散《うさん》くさかった。第一声からして、普通に考えて、悪質な奴隷商人か何かにしか思えなかった。

女性が訝《いぶか》しげに尋ねる。

「それって開拓を手伝えって話？」

新しい村といえば、開拓という重労働が付いてくるのは当然だ。

土地をならすために重い岩を運び、木の根を掘り返し、畑を一から耕《たがや》して、水を得るために井戸を掘る。はっきり言って労働奴隷以上の重労働だ。

そんな話に乗る人間なんている訳がない。いるとしたら、よっぽど切羽詰《せっぱつ》まった人間か、騙されやすいお人好しくらいだろう。

若い男が優しく返答する。

「開拓はある程度終わってる。岩や木の根の除去はもう済んでる。家はまだ足りないから初めは雑《ざ》魚寝《こね》だけど、食料は豊富な土地だ。単純に働き手がまだ少ないんだよ」

彼の言うのが本当なら、素晴らしい話だ。しかし女達が警戒を緩めないでいると、男は続けた。

「さらに、その村の税金はこの町の半分だ」

「っ⁉」

女達の警戒が激しく揺らいだ。

「すぐに決めなくてもいいよ。また来た時に答えを出してくれればいい。他の町や村にも声を掛けないといけないからね」

そう言って男は去っていった。

そして、その一ヶ月後、町の外周から多くの人が消えたのだった。

第一一話　勇者、常春《とこはる》の村を作る

そこは、雪と氷に包まれていた。

命はなく、死のみが支配する静寂の王国。永遠の冬の国。

その一角に、春の日差しが舞い降りた。

と、いう訳で雪国にいます。

否、厳密には雪村と言うべきか。

ここは世界の北の片隅、氷の墓標《ぼひょう》と呼ばれる死者ですら凍りつく地。魔族さえここには寄りつかず、土地に適応した僅かな獣と魔物がかろうじて生きている、あらゆるぬくもりを拒絶する土地だった。

そこで俺達は暮らしていた。

「いやー、今日は暖かいなぁ」

「ホントホント、子供達も半そでで出歩いているわ」

道行く人達が恐ろしい事を言っている。この地の厳しさ、いや苛烈さを知っている者なら、口が裂けても言えない冗談だ。

だが、この会話は間違ってはいない。彼等は至って正気である。この村の中に限って言えば、真実だからだ。さらに正しく言えば、この村の周辺二キロメートル圏内は、である。

常春の村イナカイマ、それが俺達が暮らす村の名前だ。

地理的に言えば旧トゥカイマ王国のさらに北に位置する場所に作られたこの村は、その過酷かつ特殊な環境により、外界から隔絶された陸の孤島と化していた。

この村へたどり着くための数少ない手段は、飛行魔法と転移魔法、もしくは経験を積んで重装備で雪山登山に挑むといったところだろう。それほどまでにこの村は、人の領域から外れた場所に作られていた。

それでは村人が外に出られなくて困るのではないか？　と思うだろう。だが、そもそも村から出る事なんてほとんどない。

この世界において村の外は危険だからだ。野生の獣、野盗、そして魔物。現代の地球と比べて、あまりにも環境が違う。村外に出るとすれば、せいぜい病人が出た時に医者の所へと連れていくためか、何らかの品物の売買のためくらいだ。

しかしこの村にはすでに医者がいる。必要な品も可能な限り現地生産している。

この村は一つの都市として完成されていた。世界中の移民が集まる事で、完成したのである。

そして、そう、この村を作ったのは俺だ。

正しくは、俺が事業の音頭をとり、サリアをリーダーとした生活魔法の使い手が極寒の地でも人が住めるように土地に改良を加え、教授達マッドな魔法使いが魔物から村を守るための結界を張った。

そして、生活が困難になってもはや奴隷になるしかないと追い詰められていた移民系の職人達を雇い入れて家を作り、土魔法と水魔法、それに生活魔法で畑を作って農民を移住させた。

なぜこんな大がかりな事をしたのか？

奴隷に沈む人々を救おうとするならば、彼等の故郷で勇者の名の元に復興事業を行えばいいはずである。

確かにそうだ。だが、それでは一時的な救済にしかならない。復興事業が終了すれば、すぐに失業者で町は溢れ返ってしまうのだ。それでは意味がない。結局、得をするのは貴族ばかりだ。

だから俺は、自分の村を作る事にした。

誰にも邪魔をされない場所で、同じ目的を持つ事の出来る人材を集め、真に復興を求める人達と新たな居場所を作る。

その場所こそが、イナカイマだった。

だから、この村は他の村とは違う。根本から違うのだ。

「トウヤ君、ドワーフの職人達が針を完成させたよ」

村を見ていた俺の下に、ドクターがやってくる。

例えばこのドクターだが、彼は薬師達の縦社会的思考と、進歩を拒絶する御用医師達に心底呆れ果て、この村の医者になる事を受け入れてくれた。

その対価は、異世界の医学。

俺の知る地球の医学知識を、可能な限り彼に教える事が村に来る条件だった。

専門知識でなくても構わない。異世界の治療にはどんなものがあるのか、そんな大雑把な知識でも良いから教えてほしいと彼は言った。

そしてその成果の一つが出来たらしい。それが、彼が俺を呼びに来た理由だった。

「分かりました。けど針だけ出来てもまだ……」

俺がそう指摘すると、ドクターはニヤリと笑う。いつも穏やかな笑みを浮かべるばかりのクールな彼にしては、随分と感情を表した笑みだ。

「勿論、チューブも出来ているよ」

「なるほど、では完成品を見に行きますか」

「ああ、是非」

そのままドクターに導かれ、とある部屋へやってきた。

「確かに俺が教えたとおりの品ですね」

俺の目の前には、半透明のチューブに繋がった針が、その先端から雫《しずく》をこぼしていた。

「君から教えてもらった『点滴』、それをこの世界の材料と技術で再現してみたよ」

ドクターとドワーフの親方が、どんなもんだと言わんばかりに胸を張っている。

「いや本当に凄いですよ。この針も俺が教えたのと同じ太さで、中はちゃんと液体を流し込める空洞になっている。一体どんな加工をしたら、手作りでこんな針が出来るんですか？」

本当に凄い。目の前の親方は、手作業で点滴用の針を作り出してしまったのだ。

正直人間業じゃねぇ。いや人間じゃないけど。

「ふん、人間とは器用さが違うんだよ。あと、お前さんが言ってた、蚊《か》っていう虫の口の構造に似せて、注射針も作ってみたぞ」

なんか凄い事を言ってるぞ、このおっさん。普通の注射針を作っただけでなく、地球の最新の注射針まで作ったってのかよ。

ちなみに今親方が言ったのは、痛みが少ない最新の注射針の事である。蚊はその口吻《こうふん》の先端がぎざぎざになっているため、皮膚に接触する部分が少なく済むので細胞を痛めにくいのだそうだ。だから蚊に刺されても痛くないのだとか。

そしてそれを再現した注射針を使えば、当然通常の注射よりも痛くないのだという。ただそれは地球の技術だから作れるのであって、間違ってもこの世界の加工技術レベルで作れるものではない。だって、ぎざぎざ部分の溝の寸法って、〇・三ミリメートルとか〇・一ミリメートルとかなんだぜ。普通の人間に、こんな折れやすいものを手作業で加工するなんて、ほぼ不可能である。ドワーフの技術力恐るべし。

「それだけじゃないよ。ほら、この点滴チューブ、ちゃんと君から聞いた構造を取り入れているんだ」

ドクターが楽しそうに点滴機材を俺に見せてくる。

薬を入れるための密封ガラス瓶、そこから針へと繋ぐ長いチューブ、薬を流し込む勢いを調整するための調節器、等々。

「いや、見事なモンです」

「ははは、自信作はここの空気入れだよ。手違いで薬液に多量の空気が入っても、ここに空気を流し込む事で体内に空気が入るのを避ける機構になっているんだ。まあ、君の言うとおり作っただけなんだけどさ。いや、君達の世界の医学は、本当に細やかなところまで優れているよ！」

「そうだとしても、それを形にしてしまうなんて、本当に凄いですね……」

驚いた。確かに記憶にある限りの点滴の構造を教えたが、まさかここまで完全に再現するとは。

俺は、二人に医療技術を教えた事は間違いではなかったと確信する。

「ははは、まだまだだよ」

などと謙遜するドクター。

ちなみにこの世界には、毒を治療出来る浄化魔法などがある。だが、やはり医者というのは必要で、病気によっては魔法や神官に頼るよりも医者から薬を貰った方がよい場合もある。

ドクターが点滴という道具の役割として特に気に入っていたのは、点滴による栄養補給と薬液の体内投与だった。食事をとるだけの体力がない病人に、効率的に栄養と薬を与える事が出来るというのはとてもありがたい事だとドクターは言った。そうだ、この世界では食事が出来ない人間に栄養を与える方法がなかったのだ。

「まさか血を流す管――血管というのだったね。そこに直接栄養を流し込むとは、さすがは異世界の知識だよ」

「そして、そのためにこんな針を作るとはなぁ、異世界の人間もいい腕してるじゃねぇか！」

ドクターと親方が地球の技術を褒め称える。

でもすんません、親方。それ機械で作ってるんスよ。地球の人の手は親方ほど器用ではないので。

「ともかく、これでこの村の医療は大幅に進歩したよ！　これからも色々な医術の話を聞かせてほしい！」

「ええ、約束ですからね、医学の発展に協力させてもらいますよ」

点滴の試作品の実演が終わると、ドクターは動物実験のためと言って、機材一式を持って出ていった。

ちなみにこの世界では地球と違って注射針を使い捨てに出来ないので、使い回す事になる。そこで浄化魔法を使って血液感染を防ぐ事にした。熱湯消毒以上の汚染回避が出来るんだから、魔法って凄いよね。

このように、イナカイマのあちこちで現代地球の技術が見られた。

イナカイマは村という小さな規模でありながら、世界中のどの国よりも発展した場所へと変貌していくのだった。

◇

さて、このイナカイマ村について、改めて詳しく説明しよう。

立地としては、北方の国である旧トゥカイマ王国を越えた最北にあり、海岸線から三〇キロメートルの内陸に位置している。

なぜこの土地にしたかというと、津波対策をこの地で行っておきたいという考えがあったのと、将来的に海沿いまで活動範囲を広げて海産物の養殖や漁、それに塩作りをするためである。すでに俺と協力者達が限定的にその試験を行っているが、色々な問題があるのでまだ本格稼動していない。

その最たる理由は、まだ安全が確保されていないからだ。それは天候的安全、地形的安全、生物的安全の三つの問題からなっている。

天候的安全は、文字どおり天候について。北方は寒く、冬が近づけば吹雪《ふぶき》が発生する。

日本の北海道ですら冬に暖房をつけておかないと凍死すると言われている訳だから、それよりも暖房に関する技術が遅れているこの世界では、最悪一晩で村が全滅する。同じ理由で漁や猟も危険だ。

常春化した地域を広げるには色々と必要なものが多いので、現状ではこの村周辺までの範囲で精一杯だった。

次が地形的安全。例えば、雪に覆われた山ではクレバスの存在に気づきづらいが、そうでなくても土地勘のない人間には分からない危険が多い。そのため、俺とエアリアが飛行魔法でこの周辺を調査している最中だ。将来的には危険な場所をローマンコンクリートなどで補強しようと思っている。

この地形的安全という問題において、一番気になるのが地震だ。むしろ日本人の俺としては、この問題に労力を割きたいと考えている。この世界でも地震の起きる地域というのはやはりあるし、それによって被害を受ける人々もいる。

一応サリアは、トゥカイマ王国の付近で地震が発生したという話は聞いた事がないと言っていた。大丈夫そうではあるが、突然大地震が起きても困る。

だから俺は移民の大工達と相談して、万が一地震が発生した時のために揺れに強い家を建造してもらった。勿論、大工達には俺の知っている日本の建築知識を教えた。現代風建築や、祖父の田舎の古い日本家屋の構造も、覚えている限り詳細に伝えてある。

その中で彼等が特に興味を持ったのは、瓦《かわら》と雨どいだった。雨を流して軒先に水がこぼれないようにする構造や、雨漏りせず交換が容易で、雪にも対応出来る日本式の屋根は、彼等にとって面白い技術だったらしい。

という訳で現在大工達は、日本式建築の研究にいそしんでいた。

「よーし、魔法で耐久テストをするぞー」

棟梁《とうりょう》の号令で、大工達が家から離れていく。

ちなみに彼等が作った家は、エアリアの提案で土魔法や風魔法、水魔法などで地震や台風といった天災を再現し、耐久性のテストを行ってあった。そのおかげで、最初はなんちゃって日本家屋だったのが、どんどん魔改造が繰り返され、外国人の考えたおかしな日本屋敷みたいになっていた。

「おーい、頼まれた雨どいと釘をミスリルで作ってきたぞ」

さらに職人達まで悪ノリで参加して、鉄よりも貴重なミスリルなどを使って、妙なアレンジを加えだしたらしい。

俺という金ヅルを手に入れ、誰一人として制止する者がいないので、彼等は良くも悪くも暴走し、新たな知識を自分達のものとするために己の全ての知識と技術を投入して家を建築していった。

そして遂に完成したのが、この家だ。

「出来たぞー！」

親方が、完成を知らせる雄たけびを上げる。そしてその声に誘われて、村の住人達も見物にやってきた。閉鎖環境の村なので娯楽が少ないのだ。

「見ろ！　これが俺達の技術の粋《すい》を集めて完成させた、対ドラゴンハウスだ！」

待て、何かおかしな事を言った。

「家の外装には、各種防御魔法を刻んだマジックアイテムが仕込んである。ドラゴンのツメを弾くぞ！　勿論ドラゴンの体当たりにだって耐えられる！」

なんでドラゴンが攻撃してくるのが前提なんだよ！

「そしてこの瓦はドラゴンの各種ブレスを防ぎ、斜めの角度に並べてあるのであらゆる攻撃をそらす効果を発揮する。さらにこの雨どい、ブレスが地面に当たって家に撥ね返ってくるのを防ぐ効果まで持っている！」

おおーと村人達が驚きの声を上げる。

いや違うから、雨どいの使い方違うから。

「そしてこの家は振動を吸収する構造だから、ランドドラゴンの地鳴り攻撃にも耐えられる！」

待った、なんで地震対策までもがドラゴン対策にすり替わってるんだ!?

「そして家の横に立つのは避雷針！　なんとサンダードラゴンの雷を代わりに受けて地面に流す役割を持っている！」

機能としては正しい説明だが、用途がおかしい！

「これぞまさしく、ドラゴンが攻撃してきても倒壊しない家だ！」

おおー！　と再び観客達が歓声を上げる。

「とはいえ、ここまでは普通の家だ」

違う、それ普通の家じゃない。

「この家の本質は、中にある」

棟梁がそう言うと、説明役が棟梁から教授へ代わった。今度は教授が声を張り上げる。

「この家の中には魔法技術で作った様々な仕掛けがある。例えばこれだ」

教授が指を鳴らすと、助手らしき魔法使い達がテーブルと何らかの道具を持ってくる。

そしてテーブルを置いて、俺にとっては見覚えのある道具を置いた。

「これはコンロと言って、魔法の炎を出すかまどだ」

「これがかまど？」

人だかりの中にいた奥様方がコンロに反応を示す。

「そう、ここにあるつまみを回すと……このとおり！」

教授がコンロのつまみを回すと、コンロの真ん中から火が飛び出した。

「きゃあ！」

「ほんとに火が出たぞ！」

驚くのも無理はない。勿論この世界でも魔法で火をつける事はあるが、このコンロは違う仕組みによって作られている。通常、もっと手間が掛かるのだ。

「このコンロの素晴らしいところは、魔法や火打石《ひうちいし》を使わなくてもすぐに火を起こせるところだ。それも、魔法が使えない人間でも火を起こせる」

「ええ!?」

「魔法が使えなくても、火を扱えるのかい!?」

「そうだ」

いわゆるマジックアイテムというやつである。

「けど、高いんだろう？」

村人の一人が、凄いけど買えないのなら意味がないと言って残念そうな目を向けてくる。

マジックアイテムというのは基本高い。魔法が使えない人間が触れても魔法を発動出来るようにするのは、なかなか高度な技術を要するのだ。

「いや、このコンロは普通のマジックアイテムに比べて安い。とても安い」

教授はバサリとローブを翻《ひるがえ》して声高に叫んだ。

その動作、なんか意味あるの？

「そう、通常のマジックアイテムに比べて、圧倒的に安く買う事が出来るのだ！」

どよめく村人達。

いや、同じ内容を二回言ってるだけだぞ。

ともかく、あらかじめ聞いていたこのコンロの値段は確かに安かった。一般的なマジックアイテムの相場と比べて、十分の一くらいの値段で買えるのだ。

さらに教授は続ける。

「人間は皆、大なり小なり魔力を持っている。魔法を使えなくても魔力を持っているのだ。我々はそれに着目し、このマジックアイテムを作った。すなわち、使用者の魔力を吸収して作動する新しいマジックアイテムを！」

通常マジックアイテムには、術式が刻まれている。そして、その燃料となる魔力は、魔石《ませき》と呼ばれる魔物由来の使い捨ての素材から確保していた。

マジックアイテムが高いのは、その辺りが理由であった。

しかし、新しいマジックアイテムは魔石の代わりに使用者の魔力を利用する。これがコストを大幅に下げる事が出来た最大の要因だ。

そしてその技術を成立させたのが、俺の持つバッテリーの概念と、サリアの扱う古《いにしえ》の生活魔法である。

教授が集まった村人達に告げる。

「これは彼の意向で諸君等の家にも配布する予定だ。実際に使って使い心地を試してほしい」

「「「トウヤさん、ありがとうございます!!」」」

村人達が俺に向かって礼を述べてくる。

俺は村人達に、完成した機材をただで与える事にしていた。これは村民に対するサービスというよりは、アイテムの問題点を洗い出すためのモニターの役割に近い。

最新技術で作られたマジックアイテムなので、問題は早いうちに発見しておきたいのだ。

こうしてイナカイマ村では、今日もこの世界の常識を破壊する生活用品が増えていくのであった。

全ては、世界を復興させるために。

第一二話　幕間、消える村々

ここはとある国の王宮、その謁見の間。

「報告せよ」

厳しい顔をした男が、玉座から家臣に命じる。

「はっ、わが国の北方に位置するナガ村から、今年の税を払うための使者が来なかった事が、この度《たび》の問題の始まりとなります」

「うむ」

玉座の男、すなわち王は家臣に続きを促す。

「ナガ村に罰金を含めた税の要求に向かったところ、ナガ村は人っ子一人いない廃村と化しておりました」

この国、タギ国の国民には、年一回税金を国に支払う義務があった。

村の大きさ、畑の大きさと数、村人の数で税金を決めるシステムを採用しており、近くに隠し畑などがあった場合は重い罰金を支払い、罰を受ける事になる。また、期日までに税金を支払えなかった場合は、村に役人が出張ってきて、支払い遅延金を追加で払わせる事になっていた。

そのため、村々の長は早くに税を支払いに行くのが常だったが、それを狙った盗賊が街道で根を張っている事も少なくない。そうした状況に国も村も頭を痛めていた。痛めるだけだったが。

国が税を取る使者をわざわざ村に送る事も検討されたが、それでは余計に経費が掛かるし、その使者が盗賊に襲われるかもしれないというので、結局、改善する動きはなかった。国の規模が小さく、土地を治める領主の数も少ない国故の問題であった。

「他国へ逃げたという事か？」

「おそらくは」

当然、盗賊に税金を盗まれても何の保障も対策もしてくれない国に嫌気がさして、逃げようとする者もいる。逃げる理由はそれだけではなかったが。

「愚かな。魔王との戦いが終わった直後のこの世界で、どの国が受け入れてくれるというのか」

「普通に考えれば関所で捕まりますが、今のところ関所からはそのような報告はありません。おそらくは山を越えて西のジーニ王国へ向かったと推測されます。ですが、ジーニ王国へ至る山には危険な魔物が数多く棲息していますので、ほとんどの脱走者が殺される事でしょう」

家臣が残酷な現実を淡々と告げる。

だが、その声音に憐《あわ》れむような色はなかった。

「捜せ、死体でも構わん。国への納税の義務を怠った者がどうなるかの見せしめに使うのだ」

「はっ！」

王はそう言うと玉座にもたれ込み、ため息を吐いた。

「全く、勇者が余計な復興事業などを始めるから、我々にまで負担が回ってくるのだ。何が世界同時復興案だ！　平民共の生活などどうなってもよかろうに。そんな無駄な事は大国だけがすればよいのだ！」

王は、卑小な怒りを隠そうともせずに吐き捨てた。

この国は小国だ。そのため土地も人口も少ない。それはすなわち、税金も少ないという事だ。

けれど、それでも何とか暮らす事が出来た。魔王の脅威からも解放された。

だが、勇者が世界同時復興案というものを持ち出したため、この小国は再び危機にさらされる事になった。

勿論そんな事に金を使う余裕はない。自分達が贅沢をする金を削れば、復興に金を回せるかもしれないが……

しかしだ。なぜ自分達が我慢しなければいけないのか。

そう考えた王は、安易に増税を選んだ。税を増やせば自分が使う金の量は減らない。

いい考えだと思った。

責任は全て復興案を提唱した勇者に押しつけ、復興が終わった後も勇者の名の下に増やした税を取り続ければ、復興後はさらに使える金が増えると喜んだのだ。

そこまで考えてから、王は感謝した。王室の人気を下げずに増税を強行する理由を与えてくれた勇者に。

王は俗物《ぞくぶつ》であった。

魔王との戦いのさなかに死んだ先代の王や兄達と違い、彼は戦いに向いていなかった。さりとて内政にも向いていない。彼は典型的な無能であった。そして皮肉にも、無能だからこそ生き延び、王位を手に入れた。

戦いは大国に任せて、自分達は自国の領土を守るためだけに戦力を集中させる。それによって大国から文句を受ければ、戦死した先王達と共に多くの兵が死んだからだと死者の数を割り増しして反論した。それでも批判が止まなければ、侘びとしてギリギリ自分達の生活が苦しくならない金を大国への援助金として支払った。彼は悪知恵の働く男でもあった。

そして大国が魔族との戦いに忙しくて、詳細な情報を調べる事が出来なかったのも、悪知恵を成功させる助けとなった。

そんな男が王になったのなら、当然その周りに集まるのも同じく無能である。他人を追い落とす事が上手く、仕事は他人任せ。そんな連中が王の周りに群がり、まともな家臣達は閑職に回されたり僻地に追放されたりした。

自分の時代が来たと王は有頂天《うちょうてん》だった。しかし、ここで問題が起きる。税金が思った以上に増えなかったのだ。

その理由は、国民の減少であった。

最初は、町や村から数人単位で人が減るという都市伝説じみた噂話だった。

ここよりも良い土地に引っ越さないか？　豊かな土壌の畑、新しい家、安い税金、暮らしやすい暖かな気候の土地がある。そんな事を言って人々を連れていくという男の噂だ。

一笑に付されるような話だ。奴隷商人あたりが裏で手引きしている人攫《ひとさら》いだと思われた。誰がそんな奴に付いていくものかと。

しかし、実際に人は減っていた。

まず町の外周の貧民街から人の数がいなくなった。貧民街なので詳細な戸籍調査などはしていない。だから住人が丸ごと消えても気づかなかった。

人が減れば税収が減る。役人達がその噂が事実であると理解したのは、帳簿上の税金が減っている事に気づいた時だ。税を滞納している人物の家を調べると、そこはもぬけの殻になっていたのである。

それどころか周辺住民までいなくなっていた。

そして今回の、村丸ごと失踪《しっそう》事件だ。

この時点で国は問題を捨て置けなくなった。税金が入らなければ、復興どころか自分達の生活に支障が出るからだ。

そこでようやく、事件は王の耳に入る。王に怒られるのが恐ろしくて、無能な家臣達によって隠蔽され続けていたのだ。

だがその報告を聞いても、王は税金を下げるという選択肢を採らなかった。とはいえ、税金を上げたままで民に逃げられては、金を手に入れる事は出来ない。

ならどうするか。

王の結論は、逃げた国民を見せしめにして逃げる気を奪う、だった。

そしてそれが、悪手《あくしゅ》だったのは言うまでもない。そもそも逃げた国民の死体すら手に入らなかったからだ。

死体が見つからなかった事で、王は周辺国に、逃げた国民を返せとの手紙を送った。

だが、手紙を送りつけられた周辺国の反応は淡白なものだった。

『わが国に貴国からの移民は来ていない』

それは紛《まぎ》れもない事実であった。

が、逃げられた愚かな王からすれば、にわかに信じがたい。村の住人が丸ごと他国に逃げ込めば気づかないはずがない、周辺国は嘘を吐いていると考えた。

王は激怒した。

こうして王は、周辺国に脅しを掛けた。

国民を返さないのなら戦いも辞さないと。

これは王なりに考えついた良策であった。農民数十人のために、わざわざ戦いなど選ばないだろうと思ったからだ。すぐに理由をつけて民を返すと確信していた。

だが、周辺国からの返事は同じだった。


『移民など来ていない』


事実移民が来ていないのだから、周辺国としてもそう答えるしかなかった。

ここで矛《ほこ》を収めればまだ良かった。

だが、王は引きどころを誤った。結果、周辺国との間に戦争には至らないまでもそれなりの緊迫感が漂い始め、かの王の国は孤立する事になった。

当然、そんな危険な国に商人が立ち寄る事はなくなり、旅商人から得られる税が激減していった。

減った分の税は国民に課せられ、廃村の数はさらに増え、町から次々に人が減り、遂には国家を維持出来ないまでに人がいなくなったこの国は……

周辺国の地図の一部となったのだった。

第一三話　勇者、村を増やす

「新型の転移ゲートが完成したぞ！」

村の中央に設置された大きな円形の装置の前で、教授が声を張り上げる。

その様子はまるでオペラ歌手のようだ。

「教授、新型というと？　っていうか、教授はエアリアと一緒に逆召喚魔法の研究をしていたんじゃ……」

「それは飽きた！　……というのは冗談だ」

俺が剣を抜きかけたのを見て、教授が慌てて訂正する。

「研究のついでで転移ゲートの改造案を思いついてな。まぁ転移技術の簡略化による、安定化改造を試そうと思ったのだよ」

ほう、簡略・安定化とな。

確かに安定して動くというのは、何についても良い事だ。

高性能でも安定しない機械なんて、命を預ける気にはなれないからな。

「今回開発した新型ゲートは、特定の場所にのみ繋がる一方通行のゲートとして開発した」

「一方通行？」

「そのとおり。簡略化とは機能を限定する事だ。今回、二つの町の間を行き来出来るようにするのではなく、入り口機能のみのゲートと出口機能のみのゲートを作った」

「帰りはどうするんですか？」

いや、マジで疑問なんだが。

それだと転移したら帰ってこられないよな。ゲームのワープ罠かよ。

「勿論、反対側の町にも入り口のみのゲートを作ってある。そして、こちらにも出口のみのゲートを作るのだ！」

「それって、行き来出来るゲートとどう違うんだ？」

「むしろ性能が下がってない？」

村人達にまで言われてんぞ。

「そこが素人の浅はかさ。構造がシンプルという事は、トラブルが発生する危険を極限までに減らせるという事だ。それは安心してゲートを使えるという事であり、複数のゲートを作る際のコストを減らす事が出来る。当然必要な素材も以前のタイプに比べて少なくなる」

「入り口用と出口用でわざわざ二つ作る事になるデメリットを考えても、安いんですか？」

ここは気になった。だって、安くなっても二個作ったら、結局二個分じゃん。

一個あたりの費用が最低でも半分以下にならなければ、ゲートを簡略化するメリットがない。少なくとも予算的には。

あと、オールインワンの転移ゲートと比べて耐久性がどうなのかってのもある。

「良い質問だ。ゲートを作る際の問題の一つとして、行きと帰りの二つの機能の切り替えで機構を変化させせないといけなかった。そして、その切り替えをするのに必要な鉱石や触媒、機能を発揮するための部品としてのマジックアイテムが不可欠だったのだ。これが高くて、加工に時間が掛かる。だが！　この単一機能型ゲートなら、それらが不要になるため、製造速度は増し、コストも大幅に安くなるのだ！　予測値としては、片道セットの単価は三分の一に抑えられる予定だ！」

おおーと野次馬から歓声が上がる。

三分の一なら二セット作っても三分の二か。確かにコストとしては安い。

「以前住んでいた国では、すでに完成された性能の品があるのに、劣化性能の上にスペースを食う出来損ないを作ってどうすると言われて研究を中断させられたのだ。だが、開発途上のこの村なら、このゲートの素晴らしさを照明する事が出来る。金持ちだけではなく、平民でも利用出来る、安価で遠方まで移動する技術が実現するのだ！　ざまぁみろ拝金主義者共め!!」

後半から私怨《しえん》が入っていたような気がするが、確かに転移ゲートはメンテナンスや稼動コストの問題で、金持ちや貴族しか使えなかった。

これが一般人も使えるようになれば、物流革命が起きるだろう。それにこの地に村が増えれば、世界各国からの移民をもっと大幅に増やせる。

それは俺のもう一つの目的を達成する助けになる事だろう。

「という訳でだ。この簡易転移ゲートを量産して、今後の新村建設予定地に設置したい。素材の調達をよろしく頼むぞ」

教授の中では、簡易ゲートを作るのはもう確定事項のようだ。

まぁ確かに、そのゲートが完成すれば俺としても便利だしな。

「で、このゲート、実験は済んでいるんですか？」

「うむ、村の中ではすでに実験には成功しておる。後はどれくらい離れても転移が可能かの実験をするばかりだ。そういう訳なので、君の魔法の袋で出口側のゲートを持ち運んでもらえないかね？」

つまり、俺にも実験を手伝えって事か。

まぁこの村に出入り出来るのは、転移魔法が使える俺だけだから仕方ないんだがな。飛行魔法を使える人はいるが、それだと移動するのは吹雪ではない日でないとまずいし。

「分かりましたよ。じゃあ、海辺の塩田《えんでん》にゲートを運びます」

「うむ、位置的にもちょうどよいな。あそこにゲートが出来れば塩田の管理も楽になるだろう」

確かに、今の海辺の塩田は生活魔法の結界で常春化して、小屋を複数建てて護衛と塩職人を交代で常駐させている。ゲートがあれば何かあった時、俺がいなくても村に戻ってこられるもんな。

「では、機材の設置をするために私も運んでくれたまえ」

「分かりました」

こうして俺は、教授と一緒に海沿いの塩田に向かうのだった。

◇

「よし、設置が完了したぞ！」

塩田までやってきた俺達は、結界の中心付近に転移ゲートを設置すると、個別通信魔法でイナカイマ村にいるサリアへと連絡した。

『サリア、ゲートの設置が完了した。教授の助手に実験を開始するように言ってくれ』

『分かりました』

サリアからの返事の後、三分くらい待つ。

「む、来たぞ」

教授の言葉どおり、転移ゲートの魔法陣が光り輝き、その中心に光の玉が現れた。

このあたり、俺を帰すはずだった逆召喚魔法陣と同じだな。

そして、光の玉が大きく広がると、最後には弾けて消えた。

「ふむ、どうやら成功のようだ」

どうやら実験は成功したらしい。魔法陣の真ん中には、イナカイマ村から送られてきた様々な品物が並んでいた。

「調査を兼ね、水、食料、鉱石、土、衣類を送ってもらった。食料としては生肉と干し肉、野菜などを複数送らせた。これらの品に異常がなければもう数回転移を行い、それが全て成功したら、次は生き物を転移させる。小動物一匹から始め、大型、複数など様々な条件で実験を重ね、最終的には人間を転移させる」

淡々と言っているが、やはり動物実験や人体実験は必要みたいだ。俺が面倒くさそうに感じていると、教授が告げる。

「生体の転移には、繊細な設定が必要だからな。これまでの転移ゲートで情報の蓄積はあるが、新しいゲートである以上、しっかりと調査しておきたいんだよ」

確かに教授の言っている事は正しい。

「このゲートが完成すれば、君の世界へと繋がる魔法陣にもこの技術が役に立つかもしれない」

おお、それはありがたい。

しかし、それでちょっと気になる事が生まれる。

「それなんですが、異世界の人間と会話する魔法が開発出来た場合、そのまま物や人を異世界へ転移させる事は出来ないんですか？　繋がってしまえばあとは何とかなりそうだと思うんですが」

この世界には転移魔法があるし、俺をこの世界に召喚した魔法がある訳だから、技術的にはすぐ実現出来そうな気がするんだが。

「難しいな」

しかし教授は、俺の楽観的な意見を呆気なく否定した。

「確かに将来的には可能になるかもしれん。だが現状では困難だ。目的の座標が分かって声を届ける事が出来たとしても、転移ゲートを用いた異世界への転移は前例がない。今回資料として手に入れた逆召喚の魔法陣は全くの別物だ。あれはどこに行くのかも分からない、ゴミ箱みたいなものなのだから」

ダストシュートですかー。

「今回の研究の最終目的は、人間の通れない小さな穴のようなものを開通させて、その向こうにいる相手にピンポイントで話しかけるというものだ。仮に会話に成功したとしても、穴がどういうルートで繋がっているのか分からないので、相手の居場所を特定するのは難しいだろうな。声を伝える道は出来ても、そこに至るまでに隙間が空いているかもしれない。声はその隙間に落ちる事はないが、人間を転移させた場合は落ちる危険がある」

むぅ、生身を転移させると、通常の物理法則では測れないトラブルに遭遇する危険があるって訳か。

「まぁそういった問題を解決するためにも、こうした技術的回り道は必要だ。蓄積した試験結果はいずれ役に立つ」

教授が年長者らしい発言で俺を慰めた。

「ともあれ、今はささやかな成功を祝おうではないか！」

「そうですね」

こうして軽く祝杯を上げた俺達は、さらに簡易型転移ゲートを作り続け、互いに交流可能な新たな村を増やすのだった。

◇

それからしばらく経って――

教授の開発した簡易型転移ゲートによって移住者が激増し、北方の村の数が飛躍的に増えた。

結界によって半径二キロメートルを常春の地とした村が十二個作られ、その中心にイナカイマが存在しているという配置になっている。

ちなみに十二個の村の中の一つは、試験的に設置していた塩田を村へ発展させたものである。

俺は円形に配置された十二の村を便宜上、ラウンズコロニーと呼んでいた。ほら、十二で円と言ったらね。

なお、ノリで村の数を増やした訳ではない。

俺は各ラウンズコロニーの自然環境を移民達のそれぞれ住んでいた故郷のそれに近づけ、故郷に近い環境で住まわせる事にした。これは、長年住み慣れた気候の方が暮らしやすいだろうというのと、環境が変わると体調を崩しやすいなどの問題を考慮しての事である。

そして、こちらがメインの目的なんだが、移民達が元々住んでいた土地に生息していた動物や植物を、この村で繁殖させようと考えているのだ。

これには、その方が畑仕事や家畜の世話もしやすいので、わざわざ新しい仕事を覚える必要がないという利点がある。

さらに言えば、大規模な農業実験を行おうと考えていた。

これが地球なら、環境破壊とか生態系が壊れるとか非難されるだろうが、ここは村から出たら極寒の地なので、生物が生きていくのはほぼ不可能。だから、生態系を破壊する可能性以前に、生き物がほとんどいないのである。

ともあれ、特定の土地でしか手に入らない品が村々で作れれば、外部との交流を完全に遮断出来るようになるだろう。それにこの村の存在が世間にバレても、この地の厳しい自然が天然の城壁となって人間の侵入を拒んでくれる。

いつまでも安心していられないが、今はとにかくこの北の地に人間の生息出来る領域を増やし、この地に移り住む人を増やす必要がある。

北の地に人が増えれば、それ以外の国からは人が少なくなる。人が減れば税を徴収出来なくなり、食料や物を生産する事も困難になる。こうして各国を弱体化させていくのだ。

気の長い話だとは思うが、それでいい。

たった一人の勇者とその仲間達で、世界を恒常的に平和にするなんて土台無理な話。せいぜい数十年、よくて数百年平和なら上々である。

もうしばらくすれば、全ての村を覆うだけの結界が完成する。

そうしたら規模を大きくして町にし、転移装置を使わずともお互いの町へ行き来出来るようにしよう。

そしてそれぞれの町をさらに大きくしていき、街道を作り、魔物から人を守るための自警団を鍛えて、最終的には国家を作り上げる。

そうなれば、この土地の人達は俺達がいなくても生きていけるようになるだろう。

その際の指導者は、サリアがふさわしいと思う。

彼女はトゥカイマの王女だった訳だし、民を導く事は問題なく出来るだろう。

国も家族も失った彼女だが、故郷に近いこのイナカイマが彼女の新しい国になれば、彼女の心の傷も少しは癒える事だろう……癒えるといいなぁ。

◇

と、そんな訳で、村も結構発展してきた。

外部からの移民も増え色々な職業の人間が増えたので、村の雰囲気は賑やかになった。生産職の者、加工関係の仕事に従事する者、家族と共にやってきた腕っ節に自信のある人達もいる。

「大白熊《おおしろくま》が出たぞー！」

そう叫んで革鎧を纏った男達が、弓と剣を携えて村の外へ走っていく。

彼等は自警団みたいなものだ。騎士団のように国に忠誠を誓う訳ではなく、移住前は傭兵として働いていた者達である。彼等は町を守る護衛の仕事をしていたが、魔王が倒されて魔物が大人しくなった事で仕事がなくなってしまったのだ。

そこで俺は彼等を雇って、それぞれの村を魔物や獣から守る仕事に就いてもらう事にした。

戦える人間でないと魔物の相手はキツいからな。ファンタジー世界でも、一般人に魔物の相手は荷が重い。だから仕事を失った彼等に働いてもらおうという訳だ。

魔物の相手をしていない時は、食料の確保と畑の護衛を兼ねて、野生の獣を狩ってもらう仕事に従事してもらっている。危険な魔物よりは畑を荒らす獣相手の方が楽だろう。

とはいえ、彼等でもどうしようもない魔物が出ないとも限らない。

例えばの話だが、以前海辺の国で出会った超巨大な魚の魔物、リヴァイアサンなどだ。

元々アイツは、この北の地の海に生棲していた魔物。ならば、似たような巨大な魔物がいてもなんらおかしくはない。一応晴れた日に近隣の土地を空から調べてみた時には、そこまで危険な魔物は見当たらなかったが。

だが、北の海のさらに向こうとなると分からない。何しろ海に出て北へ向かうと、少しずつ雪が強くなり吹雪になるのだ。そしてしばらく飛ぶと完全に視界が真っ白になり、あまりに強い風でまっすぐ飛ぶ事も困難になる。最終的には自分がどっちを向いているのかも分からなくなったので、転移魔法で帰ってきたくらいである。

ただ、そこから転移してきた時、何か重い物が動くような音を聞いた気がする。

まぁ吹雪の音の中だったので聞き間違えたのかもしれないが、もし何かいたのだとしたら、とんでもなく巨大な存在でないかと思う。

何しろ俺はその時、空を飛んでいたのだ。それも凄《すさ》まじい吹雪の中を。

そんな中で音を響かせる事が出来る存在がいたとすれば、きっとリヴァイアサンに匹敵する何かだっただろう。

ま、あくまでそんな音が聞こえた気がするって程度だが。

とはいえ、油断は禁物《きんもつ》だ。

だから、もしもの時のために、教授に頼んで緊急避難用の転移ゲートを用意してもらう事にした。

ここではない別の安全な場所へ、人々を逃がすためである。それが完成したら、向こう側にもゲートを設置しに行かないとな。

ああそうだな、ついでに懐かしい人に挨拶をしに行こう。

第一四話　勇者、南国へ行く

早速、教授に頼んでおいた住民の緊急避難用ゲートが完成したので、俺はかねてより目星を付けていた村人達の避難場所予定地へとやってきた。

転移魔法でその地の上空に来た俺は、眼下の大地に視線を向ける。

視線の先に見えるのは、緑の島々と青い海。

俺が来たのは、洋上にある島の真上だった。

島は一つだけではない。

周囲には大小いくつもの島が群立していた。

そう、ここは群島地帯だ。

この中の島の一つを、俺は村人達の避難場所にしようと考えていた。

「と、そのためにもアイツに許可を取らないとな」

俺はこの群島に避難場所を作るため、ある人物のもとへ出向くのだった。

◇

「おお、トウヤではないか！」

幾多の島が並ぶ群島の中で、ひときわ大きな島へと降り立った俺を一人の少女が出迎えてくれた。

やや濃い目の小麦色の肌に黒髪、琥珀《こはく》色の瞳に薄ピンクの唇《くちびる》。

暖かいというよりは熱いこの島で生活するために、衣装は下着に近く、ほぼ半裸の格好をしている。

そのため、この娘の肌は八割が露出しており、その張りのある胸が半分近く見えていた。

何より目立つのは、その頭に生えた狐耳、っつーか狐っぽい鼻！

尻からはモフモフの尻尾が生えている。

いわゆる獣人というヤツだ。しかもややケモ度お高めの。

そしてその額には、長の証である翡翠《ひすい》の飾りが輝いていた。

「久しぶり、サザンカ」

そう、このケモ少女こそが、獣人の楽園であるミナミッカ群島全体を治めるサザンドラ族の長《おさ》、サザンカだった。

厳密には、サザンカは長の座を継いだばかりなのだが。

「どうしたのだ!? マオウとやらを倒すための旅をしていたのではないのか？ もしや俺の婿《むこ》になるために戻ってきたのか!?」

サザンカが尻尾をブンブン振りながら矢継ぎ早に質問してくる。

相変わらず口数の多い奴だ。

「落ち着け。魔王は倒した。あと婿にはならんぞ。今日はサザンカに頼みがあって来たんだ」

「良いぞ！ なんでも頼んでくれ！」

凄い即答で来たよ。

「サザンカ様、いくら相手がトウヤ様でも、安請け合いをするのはちょっと……」

サザンカの側近であるウサギ獣人のタンポポさんが苦言を呈する。

ちなみにタンポポさん、名前は可愛いが、見た目はボンキュッボンのナイスバディのクールビューティだ。ぱっと見ギリギリの格好をしたバニーガールにしか見えないが。

なお、その容姿はやはりケモ度の高い、人間的な輪郭のあるウサギ顔である。

「だがトウヤは我等の恩人だぞ。このミナミッカを救い、奪われた長の証を取り戻してくれた勇者だ。そのトウヤの頼みを聞かなかったら、サザンドラの名が泣くぞ！」

サザンカの一族サザンドラは、非常に誇り高い部族だった。元々このミナミッカ群島には国家というものはなく、それぞれの島毎《ごと》に異なる部族が住んでいる。

そしてよくある事だが、それ等の島の部族は争っていて、ミナミッカ群島を統《す》べる大長の座を奪い合っていた。

俺がこの群島に初めて来た時がそうだった。サザンカの母親であり、ミナミッカ群島を統べていた大長ブランカがちょうど病に倒れ、そのせいで群島のバランスが大きく崩れていた。

サザンカは、ブランカの病気を治すために薬草のあるテキテキ島へと向かおうとしていたのだが、テキテキ島に暮らす部族は東の帝国に騙される形で協力関係を結び、群島を統べるサザンカの一族に侵略戦争を仕掛けていた。そのため、サザンカは薬草採りに出る事が許されなかった。

そこへ、この群島に隠されていたあるモノを求めてやってきた俺達は、ブランカの病気を治す薬草を手に入れる事と引き換えに、そのあるモノを貸してもらう約束を取りつけた。

それがないと、魔王の力を削ぐためのアイテムを手に入れる事が出来なかったからである。

まぁそのアイテムの事は置いておくとして、無事薬草を手に入れた俺達はそのままサザンカ達を助け、同じアイテムを狙っていた魔族と東の帝国の秘密部隊と戦い、これを撃退した。

そんな事情もあって、サザンカはブランカから大長の座を譲られ、俺はサザンカの永遠の同胞、つまり旦那さん認定を受けたのだった。

「ですが、まだトウヤ様はサザンカ様と契《ちぎ》りを交わしておりません。村の同胞として受け入れるのなら、まずは契りをしてもらうのが先でしょう」

タンポポは、契りとやらをするようにと、サザンカに具申《ぐしん》する。

契りというのはよく分からないが、これまでのパターンからたぶん予想どおりの内容なのは間違いないだろう。

念のため予防線を張っておくか。

「あー、俺は外にたくさん愛人……契りを結んだ相手がいるから、サザンカだけのものにはなれんぞ」

さすがにこの村に永住しろと言われたら困るしな。

「構わんぞ！　むしろそれなら、つがいのいない村の女達全員と契りを結んでくれ！」

「あ、それなら私もお願いします」

おおっと、限りなく野生に近い生活をしている獣人の方々は、リアクションも野性味抜群だったぜ！

ちなみに獣人の一族は基本女しかいない。男も皆無ではないらしいが。

なので、種族の繁栄のためには多種族の雄が必須なのだ。そんな種族じゃ滅亡待ったなしだろって？　世の中マニアは一定数いるんだよ！

あと、基本獣人はアマゾネスなのでオスは奪うものなのです。でも、奪われたオスは大事に扱われるので安心。貴重だからね！　優しく扱われるのは当然だよ！

「じゃあ、後でね」

「分かった！　絶対だからな！」

サザンカが大興奮でピョンピョン跳ねている。

「これで母上にも半人前扱いさせないぞ！」

どうやら獣人にとって、契りを交わす前の娘は半人前という認識らしい。

しかし、人間や魔族とは経験があるが、獣人はさすがに初めてだぜ。自分の中の新しい扉が開かないと良いんだが。

まぁ話は決まったし、とりあえずこちらの要望を説明しとくかな。

俺はサザンカ達にこの島に来た理由をざっくりと説明する。タンポポさんは理解出来るだろうが、脳筋《のうきん》のサザンカには難しい話は理解出来ないだろうな。

「……という訳で、サザンカに頼みたいのは、この群島の島の一つをいざという時の避難場所として使わせてほしいんだ」

なるべく事情を噛み砕いて説明したつもりだが、さてどうなるかな？

「うむ！　サッパリ分からんがいいぞ！」

予想どおりの反応だ。けど、長としてその発言はどうよ。

「つまりトウヤ様は集落の長になり、その仲間達が何かあった時に逃げてこられるように、島で人が暮らす許可が欲しいと言っていらっしゃるのです」

おお、さすがクールな秘書バニーだ。タンポポさんはとっても優秀で助かる。

「なるほど、分かったぞ！　許可する！」

脊椎《せきずい》反射気味に返事をされると、非常に怖いんだが。とはいえ、許可は貰えたので良しとしよう。

「助かったよ、サザンカ」

許可を得たところで、早速転移装置を設置しに行こう。迷惑を掛けないように念のため無人の島を選ばないとな。

だが……

「おっと、話は終わったんだから、今日はゆっくり休んでいけ」

俺の腕をサザンカが掴む。

「いや、来たばかりだし、まだ日も高いぞ」

「いえ、トウヤ様にはこれから集落の女達と契りを結んでもらわないといけません。ですので、すぐに用意を始めますね！」

ガッシリとタンポポにも腕を掴まれると、周囲に控えていた獣人娘達がテキパキと動きだす。ちなみに今ここにいるのは側近クラスのため、皆ケモ度のそこそこ高い獣娘ばかりだ。

「安心しろトウヤ！　我々はお前を全力でもてなすぞ！」

「水と食料、それに契りのための秘薬はお任せください。それと周辺の島にもトウヤ様がいらっしゃった事を喧伝《けんでん》しますので、ミナミッカに住む全てのつがいがいない同胞がトウヤ様と契りを結ぶためにやってきます」

おいおい、なんかすげぇ事言ってるぞ。

「おおよそ一〇日もあれば、全員の相手を終わらせられるかと」

待って、さすがにそれはまずいの！

「いやいや、俺も忙しいんで、それはちょっと！」

「では、部族の長とその近親者だけを優先しましょう。残りの者達は後日お願いいたします」

すげぇクレバーな対応だ、この人……いや人じゃないけど。どうあっても俺は、群島全ての獣娘達と契りを結ばねばならない定めらしかった。

「トウヤ様の覇者《はしゃ》の血、必ずや我等に強き子を授けてくださる事でしょう」

「よーし！　契るぞ！」

あ、やっぱそういう意味なんですね。うーん、やってる事は人間とあんまり変わってない気がするぞぅ。

◇

「〜ぁあー、ベッドがないとキッツいわー」

群島を治める長達との長きにわたる戦いを終えた俺は、そのまま村の小屋で眠り、つい先ほどようやく目が覚めたところだ。

ミナミッカ群島は暑いので、布団を敷いて寝るという習慣がない。おかげで朝起きると体がバキバキだった。今後もここに来るだろう事を考えると、ベッドか何かを用意するのを考えた方が良いなぁ。南国風にハンモックとかどうよ？

「あー、トウヤ様起きたー」

「トウヤ様ー」

俺が小屋から出てくると、獣娘達がワラワラと俺に群がってくる。

ちなみにやってきた獣娘達はサザンカ達とは違い、普通の人間の姿にケモ耳と尻尾の付いた、いわゆるライトな感じの萌え萌えな見た目だった。

このあたりはどうも血の濃さが影響しているそうだ。長や呪術師はなるべく直系の血を引く者同士で結婚し、そうでない者は強い者なら種族さえ問わないという非常にフリーダムな考え方であったため、このように人型に近づいてきたらしい。

今回サザンカ達がルールに従わず俺と契を結んだのは、俺が規格外に強い力を持つ者だから。加えて、ミナミッカ群島の危機を救った英雄だからだろう。

あ、そうそう。さっきも言ったが、獣人は基本女が多いというだけであって、男の獣人が全く生まれない訳ではないらしい。ただ圧倒的に男の数が少ないため、男は長を始めとした直系の血を維持するために特別な場所で暮らしているのだそうだ。ほら、男が少ないと奪い合いになるからね。

まぁ俺には関係ない話ですが。

「遊ぶ？　トウヤ様遊ぶ？」

「あそぼー！」

暢気《のんき》な獣娘達が、俺に抱きつき、甘噛みし、俺を遊びに誘おうと腕を引っ張る。

基本獣娘達は、食っちゃ寝して遊ぶ生活がデフォだ。なにせ食べ物はそこら中にあるし、人間と違って権力欲というものが薄い。全く持っていない訳ではないが、権力を持って多大な利益を得る事が出来るほど文明が発展していないのと、上に立つのが面倒くさいという理由から大抵の獣娘達はダラダラしている。

今だって獣娘達の一部が木の枝に乗っかって、枝に生《な》っている果物をちぎってはほおばっていた。

いや、木の上だけじゃない。

村の中を見れば、岩の上、屋根の上など様々な所で獣娘達がゴロゴロしている。それぞれ種族的に落ち着く場所で、まったりしている感じだ。

このミナミッカ群島で働くのは、よほどのモノ好きか苦労性くらいのものだ。後は、闘争本能に任せて戦うのが大好きな種族が、戦士としての訓練をしているくらいか。

生活必需品としての服や道具を作るのは趣味人が楽しみとしてやるか、子育て中の親が自主的に行うくらいらしい。

村の一角では、母親達が子供達の服を作るため、太めの糸で縫い物をしている姿が見える。わざわざ太い糸を使うのは、子供達が派手に駆け回るので頑丈さを重視しての事だろう。

それを証明するように、獣娘達は木の上から飛び降りたり、草むらの中を草が引っかかるのも気にせず平然と走り回ったりしている。基本人間とは身体能力が違うので、その分、子供達のヤンチャっぷりも人間の子供とは段違いだ。

「悪いけどやらなきゃならない事があるんだ。また今度な」

「えー」

俺がお誘いを辞退すると、獣娘達が不満そうにブーイングしてくる。

「そう言って前もすぐにいなくなっちゃったじゃない！　ちょっとくらい遊んでよー！」

前というのは、魔王を倒すための旅をしていた時の事だろう。確かにあの時は事件が解決したらそのまま即、東の帝国に向かっていったからなぁ。

「しゃーない、ちょっとだけだぞ」

獣娘達にしがみつかれた俺は、少しだけ彼女達と遊んでやる事にした。まぁ、急ぎって訳じゃないからな。

「やったー！」

「かけっこしよう！」

「狩りをしよ！」

「海で遊ぼ！」

みんなして好き勝手言うものだから、意見が全然まとまらないな。

「アタシ空飛びたい！」

空とな？　獣娘の一人が、突然不思議な事を言いだした。

「アタシも鳥の子みたいに空が飛びたい！」

「無理だよー、アタシ等は鳥の子じゃないんだから」

この子達が言っている鳥の子とは、鳥型獣人の事だろう。確かにこの子達は猫型の獣娘なので空を飛ぶのは無理だろうな。

「でも鳥の子ばっかり空飛んでズルい！　アタシも空飛びたい！　あの子達自分が空飛べるからっ

て自慢するんだよ！　アンタには羽根がないから飛べないでしょって！」

どうやら種族特有の能力を自慢し合うのが、子供達の間で流行《はや》っているみたいだ。

確かに鳥型の獣人なら、空を飛べるというのは大きな自慢になるだろう。彼女はそれがうらやましくて仕方ないようだな。こういうのは獣人ならではのトラブルなのかもしれないな。

獣娘の一人が俺に尋ねてくる。

「でもトウヤ様はすごい魔法が使えるんでしょ？　だったら羽根が生えてなくても空を飛べると思うの！」

まぁ確かに飛べるけどね。

けど、一緒に飛ぶには俺が抱えるしかない。仮に一人飛ばしたら、きっと残りの獣娘達も空を飛びたいと言ってくるだろう。獣娘達は好奇心旺盛だからなぁ。

この少女の言葉に呼応して、他の獣娘達も俺をじーっと見つめ始めた。

「トウヤ空飛べるの？」

「私達も空飛べるの？」

完全に期待されている。とはいえ、この人数を抱えて飛ぶと時間がなぁ……

そうだ！　こういう時は仲間の力を借りるとしよう。

◇

「という訳で、この子達に空を飛ばせてあげたいんだ」

転移魔法で一旦イナカイマまで戻った俺は、サリアとシルファリアを連れて再びミナミッカ群島の村まで戻ってきた。

なお、エアリアには研究が忙しいとの事でパスされた。

仕事じゃないんだからちょっとは休めばいいのにと思ったんだが、今いいところだから作業に没頭したいと言われては無理に連れてくる事は出来なかった。

「そんな事で私達を連れてきたのか。しょうがないヤツだな」

子供達と遊ぶと言われ、呆れた様子で俺を見るシルファリア。美人のジト目、ご馳走様です。

「あら、良いじゃありませんか、シルファリアさん」

逆にサリアは乗り気のようである。

「ではせっかくなので、トゥカイマ式の飛行魔法で皆さんに空の旅をご提供いたしましょう！」

なんかクイズ番組のプレゼント企画みたいな事をサリアが口にする。元お姫様のＣＡ姿、良いんじゃないでしょうか？

「トゥカイマの魔法には、全員を一気に運べるような魔法があるのかい？」

「ええ、単独での飛行魔法ほど機動性はよくありませんが、輸送用の魔法ですので皆さん全員を乗せて空を楽しむ事が出来ますよ」

へぇ、さすが古代の生活魔法に長じているだけある。サリアは俺達がまだ知らない便利魔法をたくさん持っているみたいだ。

「では、まず絨毯《じゅうたん》を用意していただけますか？」

「絨毯？」

魔法の絨毯でも作るつもりか？

俺達が首をかしげていると、サリアが説明をしてくれる。

「全員が乗るための土台が必要なのです。それには広い面積を簡単に用意出来る敷物が一番便利でしょう。適度に頑丈ですしね」

なるほど、確かに絨毯なら携帯するのにも丸めれば良いもんな。そう考えると、地球のお話に出てくる空飛ぶアイテム――魔法の絨毯は持ち運びと収納スペースを考慮した、理に適《かな》ったアイテムなのかもしれない。

「確か、この中にそれっぽいものが……あった！」

俺は魔法の袋の中に入っていた、以前入手した絨毯を取り出した。

この絨毯は旅の途中で手に入れたそれなりに希少な絨毯らしいが、勇者としての旅をしていては使う機会もないと袋の中で腐らせていたのだ。

「まぁ、こんな高級品を……トウヤ様がこれでいいと言うのなら良いでしょう」

「ん？　なんか問題あったか？」

「別に……もしかしてトウヤ様って良い所の貴族のご子息なのかしら？」

サリアが何やらブツブツと呟きながら絨毯に乗る。呪文詠唱が必要なタイプの魔法なのだろう。

「フロートエリア！」

サリアの魔法が発動すると、広げた絨毯がふわりと、僅かに浮き上がった。

その光景を見た獣娘達が興奮してはしゃぎだす。

「すごーい！　コレ浮いてるよ！」

「ホントだー！」

「それでは皆さん、絨毯の上に乗ってください」

サリアの言葉に従って、獣娘達が次々に絨毯に乗っていく。

「では行きますよ」

最後の一人が乗った事を確認したサリアは、絨毯を操作して上昇させた。

「上がってる！　上がってるよ！」

「すごーい！」

子供達は大はしゃぎだ。

だが、見ていてヒヤヒヤする光景だな、コリャ。

「シルファリア、俺達は飛行魔法で飛んで、万が一この子達が落ちたら拾い上げる役目だ」

この様子だと間違いなく誰か落ちそうだからなぁ。

「承知した……まったく、魔族の姫であるこの私が、子守りをする羽目になろうとはな」

などとぶつくさ言っているが、その割には嫌がる様子もなく、シルファリアは絨毯の少し下で待機してくれた。

なんだかんだ言って、面倒見の良い性格なのかもしれない。

「すっごーい！　鳥の子になったみたい！」

空高く舞い上がった獣娘達は、初めての光景に大はしゃぎだ。

「見て見て！　木があんなに下だよ！」

「海があんな遠くまで見えるー！」

生まれて初めて空を飛んだ事に興奮する獣娘達。今はもう魔法で飛ぶ事に慣れてしまったが、俺も初めての時はあんな感じだったのだろうか。

「きゃっ！」

そんな事を考えて眺めていたら、案の定はしゃぎすぎた獣娘が絨毯から落ちてしまった。

「おっと危ない」

そんな獣娘を救ったのは、自分の翼で空を飛んでいたシルファリアだ。

「あ、ありがとう、コウモリのお姉ちゃん」

「何っ!?」

どうやら獣娘はシルファリアの皮膜に包まれた羽根のない翼を、コウモリの獣人のものと勘違いしたらしい。シルファリアのヤツ怒らないといいが。

だが、意外にもシルファリアは怒る素振りなど見せず、片手で獣娘を抱え、もう一方の手で自分の角を指差した。

「娘、私はコウモリではない。私は誇り高き魔王の娘シルファリアだ！」

「コウモリさんじゃないの？」

「うむ、私は魔族だ。獣人ではない」

いいのか？　このご時世に魔族とか宣言しちゃって？　まぁ相手は子供だし、そんなに気にしない……かな？

「お姉ちゃん、鳥の子じゃないのに空を飛べるの？」

「当然だ！　何せ私は強いからな！」

そう言ってシルファリアは獣娘を抱えたまま空を自在に飛び回る。つーか、強いのは関係なくね？

「すごいすごーい！　鳥の子よりも速いよ！」

「はっはっはっ！　当然だ！　私は凄いからな！」

獣娘はシルファリアのアクロバット飛行に大興奮だ。

「トウヤー！　私もあれやってー！」

「トウヤ様ー、アタシもー！」

アクロバット飛行する友達がうらやましくなったのか、獣娘達が我も我もとせがんできて、絨毯から落ちそうになる。

「分かった分かった、順番だ順番！」

このままだと獣娘達が俺に掴まろうとして皆落ちてしまいそうだったので、やむをえず抱えて飛んでやる事にする。

「トウヤ様、後で私もお願いしますね！」

と、なぜかサリアまで、俺に抱えられての飛行を希望するのだった。

◇

「さて、そろそろ仕事に戻るか」

獣娘達とひとしきり遊んだ俺は、彼女達と別れて本来の仕事に戻る事にした。

「えー、もう？」

「十分遊んだだろ。俺にはやる事があるんだから、続きはまた今度な」

ごねる獣娘達を宥めて、俺は魔法で空に浮かぶ。

「また遊んでねー」

「次に遊ぶ時はアタシ達とも契りを結んでねー」

「あっ、アタシもー」

こらこら、そんな今度遊びに行こうみたいなノリで、とんでもない事を言うんじゃありませんよ、アンタ達。

俺はこれから転移装置の出口側のゲートを設置しないといけないんだからな。萌え萌えな獣娘達からのお誘いなんて目の毒でしょうが。

「トウヤ、少し良いか？」

と、今度こそ転移ゲート設置に向かおうとした俺を、サザンカが呼び止める。

「何か用か？」

「うむ、長としてお前に頼みたい事があってな」

ふむ、何やら真面目な話のようだ。

「分かった、聞こう」

俺は転移ゲートの設置を一旦中止し、地上へ降りる。さっきから中止してばっかだな。

「助かる。実は最近、海に見た事のない魔物が現れるようになってな。我々では対処が出来ず困っていたのだ」

海とな？　俺の脳裏に、海辺の国レジアで起きた超巨大魚リヴァイアサンとの戦いが思い出される。あんなのがこの辺りにいたらまずいからな。

「その魔物ってまさか、島くらい大きな魚の魔物だったりしないか？」

だが、サザンカは俺の心配を笑って否定する。

「ははは、そんな美味そうな奴なら、ウチのネコ族連中がこぞって襲いかかるさ」

あー。肉食系で魚好きな方多いモンね。

獣人は基本雑食だが、獣人の獣の部分が肉食獣の場合は、やはり肉や魚を好むようになるらしい。

知ってるか？　ネコ系の獣人って鰹節《かつおぶし》が大好きなんだぜ。

あとマタタビとか与えると、スゴい事になる。主にエロい意味で。

「海に出るようになったのは、巨大なイカの魔物だ。そのせいでネコ連中はやる気がなくてな。まぁ、あってもアレの相手はキツいだろうが」

あー、ネコにイカはヤバいというのはネコ好きの常識だからな。食べさせると、大変な事になってしまう。しかしどれくらいデカいんだ？　正直リヴァイアサンと戦ったせいで、大きさの概念があやふやになってるからなぁ。

「それで、どのくらいの大きさなんだ？」

俺の質問に、サザンカが村の外の大きな木を指差す。

「おおよそ、あれくらいだな」

大体七メートルってところか。大きいっちゃ大きいが、そこまで警戒するほどでもなさそうだ。

「海から出ていた腕があの大きさだった。全体は分からん」

待て待て、それって大きさが分からないって事じゃね？

「海の中の部分の大きさは分からないのか？」

「俺達は魚じゃないから海の中は見えない！」

そりゃごもっとも。こりゃあ実際に戦わないと分からんな。

「あと、たくさんいたぞ」

さらに数までいるのか。

「……頼めるか？」

申し訳なさそうにサザンカが頼んでくる。

「本当なら俺が戦いたいのだが、今は長として無謀な戦いは出来んのだ」

なるほど、今のサザンカは一戦士ではなく、ミナミッカ群島全体を統べる長だ。

彼女にもしもの事があると、群島全体が再び戦乱に巻き込まれてしまうのだろう。

俺はサザンカを安心させるように言ってやる。

「まぁ気にしなくていいさ。俺の村で何かあったら、村の人間をこっちに避難させるんだからな。

その時のためにも海を安全にしておくのは十分意味がある」

「助かる。礼として、後で好きなだけ俺と契りを結んでくれ」

「僭越《せんえつ》ながら、私も一緒にお礼をさせていただきます」

さらりと交ざるタンポポさん。

それお礼っていうよりも、自分達が楽しみたいからじゃないですかね？

◇

「話ではこの辺りによく出るって事だけど……っと、いたいた」

サザンカから仕事を頼まれた俺は、いつかのように飛行魔法で海へやってきた。

そして、サザンカから聞いていた魔物の出没する海域に来た訳だが——

いるわいるわ。

空から海を見下ろすと、そこかしこに巨大な白いイカの姿が確認出来た。

視認出来るだけで二〇はいる。問題はその大きさだ。いつかのリヴァイアサンほどではないが、コイツもなかなかの大きさである。

さらに連中の近くを大きなヘビ状の魔物、サーペントが泳いでいる。アイツには飛行魔法を使えるようになるまで苦戦したもんだ。

サーペントと比べて巨大イカの大きさは、三倍といったところか。確かサーペントの平均的な大きさが一〇メートルくらいだったから、巨大イカの大きさはおおよそ三〇メートルか。うーん、なかなかデカいな。

「なかなかの大きさだな」

俺の耳元で誰かが囁いた。

「誰だ⁉」

俺は前方に跳んで背後を振り返る。

空を飛んでいる俺の後ろに立つなんて何者だ⁉　エアリアは今イナカイマにいる。となると魔族か⁉

「私だ、トウヤ」

振り返った先にいたのは、魔族の姫シルファリアだった。

「おま、何で⁉　……あ」

そういえば、シルファリア達をイナカイマに連れて帰るの忘れてたわ。

「やっと思い出したか」

「ひどいですよ、トウヤ様」

サリアも絨毯に乗って恨みがましい目で俺を見ている。あ、絨毯も回収してませんでしたね。

「あー、その……悪い」

こういう時は素直に謝ろう。非があるのは俺の方だからな。

「まぁいいさ。ここには邪魔者がいないからな。後でたっぷりと侘びはしてもらおう」

「ええ、そのとおりです！」

どうやら二人はエアリア達がいない今がチャンスだと判断したらしい。事が終わった後で、たっぷり楽しむつもりなようだな。

「せっかくだ、私も手伝ってやるから早く終わらせるとしようか」

シルファリアが自分から手伝いを申し出てくる。目的はどうあれ、正直手伝ってくれるのはありがたい。

「私は戦闘が得意ではありませんので、後方から補助をさせていただきますね」

ふむ、シルファリアとサリア、二人の能力は未知数だ。ここは二人の実力を測る良い機会だと言えよう。

「分かった、二人の力、ありがたく貸してもらうよ」

「あ、魔物が動きだしましたよ」

サリアの言葉に下を見ると、巨大イカ達がサーペントに向けて一斉に動きだしていた。

どうやらイカ達はサーペントの群れを獲物として捕捉しようとしているらしい。サーペント達は巨大イカの姿を確認して逃亡を始めたが、巨大イカ達はかなりの速度でその距離を詰めていく。

上空から見ると、イカの動きは某国民的配管工ゲームに出てくるイカの敵キャラそっくりだった。意外にリアル指向だったんだな、あのゲームの動き。

それにしても、サーペントとの間にはそれなりの距離があったんだが、あの巨大イカは目が良い上に足が速いのか、サーペント達にあっという間に追いついて、触手を絡みつかせていた。触手ですよ触手。勿論サーペントも反撃しようとするが、三倍以上の大きさがある巨大イカが相手ではどうしようもない。しかも数が多いからな。

結局、サーペントは奮戦むなしく巨大イカ達に嬲《なぶ》り殺され、彼等のエサとしてその短いか長いか分からない生涯を終えた。なかなかに恐ろしい相手だ。

一斉にサーペントに向かった事といい、それなりにチームワークも良さそうなので、普通に相手をしたら手間が掛かりそうだ。

だが、俺はサーペントではない。空を飛ぶ事の出来る勇者である。

「そんじゃ、害虫駆除といきますか」

「せっかくだ、どっちがたくさん魔物を狩るか競争しないか？」

シルファリアがニヤリと笑いながら、妙な提案をしてくる。

「ほほう、面白い事を言うじゃないか」

「前の戦いは私の負けだったが、狩りの腕はどうかな？」

ずいぶんと挑発してくれる。

「いいぜ、その勝負受けた！」

「それでこそ勇者だ！」

「えーっと、私は不参加という事で、お二人が倒した魔物の数を数えさせていただきますね」

「「頼む！」」

こうして、和やかな獣娘達との交流から一転、俺達は巨大イカ狩り勝負をする事となったのだった。

◇

「ビームもとい、サンダーランスをたくさん！」

上空から放たれた大量の雷の槍が海面に降り注ぎ、巨大イカの集団を感電させていく。雷の槍の放つ高熱で焼かれた巨大イカ達の体が、海上にプカプカと浮上する。

ついでに周辺の生物も感電して海面に浮き上がってくる。上空からなので大きい魚しか見えないが、海面に近づけば普通の大きさの魚も山ほど浮いている光景が見えるだろう。

あかん、これ違法漁業で警察に捕まるパティーンや。警察おらんけど。

「やるな！　こちらもスターダストレインッ！」

シルファリアが、以前俺を苦戦させた攻撃魔法で海上の巨大イカを攻撃する。

上空から扇状《おおぎじょう》に放たれた流星雨は、広範囲にわたってイカ達の体を穴だらけにしていく。

相手との距離が離れるほど攻撃範囲が広がるあの魔法は、単体の敵でも複数の敵でも相手に出来る恐ろしい魔法だ。よくあんなヤバい魔法相手に勝てたもんだよ。マジックアイテムの補助もあるから、呪文詠唱を必要としていないのも恐ろしい。まぁシルファリアの場合、この魔法に自信を持ちすぎたがために俺に敗北してしまった訳だが。

「はははははっ！　これは私の圧勝かな？」

広く多数のイカ達に攻撃を当て続けるシルファリア。一撃では倒しきれないとしても、広い攻撃範囲で流星雨を浴び続ける事で、イカ達は逃げ切る前に力尽きていく。

いかんな、ボヤボヤしてると勝負に負けてしまう。とはいえ、この魔法が使われている限り、うかつにイカに近づく訳にはいかない。下手すると俺も巻き添えになってしまうからな。

倒した数を競う勝負な以上、大物狙いでいっても意味はない。だが、手数ではシルファリアの魔法に勝てそうもない。

となるとこっちは……そうだ、あれを使おう！

俺は、魔法の袋から偉大なる剣帝《ノーブルカイザード》と封魔の盾《サイレンガード》を取り出す。

そして、盾を真上にかざした状態で水面すれすれを飛行した。

「バ、バカ者！」

シルファリアが驚きの声を上げるが、俺は躊躇《ちゅうちょ》する事なく流星雨と巨大イカのダンス会場へ突入する。

体を丸めて巨大な盾に完全に身を隠し、偉大なる剣帝《ノーブルカイザード》を横に突き出す。真上にいるシルファリア達からは、空飛ぶ盾から剣が横に一本突き出たような、不思議な飛行物体に見える事だろう。つまり今の俺は、ＵＦＯ《未確認飛行物体》なんだよ！

さらに刀身に闘気を纏わせ仮想刀身を伸ばし、以前巨岩を切った要領で巨大イカ達を真っ二つに切り裂いていく。気分は芝刈り機！　切るのはイカだけどな！

偉大なる剣帝《ノーブルカイザード》の切れ味はすさまじく、魔法や闘気で切れ味を強化しなくても豆腐《とうふ》のようにイカの体が切る事が出来た。体が白いだけになおさら豆腐っぽい。

俺は飛行魔法の速度と制御にだけ注意し、海上を高速で飛ばしまくった。

ただ飛ぶだけで、闘気の刃に触れたイカがスパスパ切れていく。そしてその度に海上に巨大イカの胴体とゲソがボトボトと落ちる。

シルファリアの手数か、俺の速度か、どっちか勝つかの勝負だ！

◇

「終了でーす！」

俺とシルファリアがイカ狩りに熱中していると、突然サリアの声がまるで近くにいるかのように耳元で響きわたった。おそらくは遺失した生活魔法を使ったのだろう。

俺達は狩りを終了してサリアの下へと戻った。

「探知魔法で感知していた巨大イカの反応が消えましたので、勝負の終了を宣言します」

探知魔法とは、エアリアから習っていた魔法の事だな。サリアは俺達に失われた生活魔法を教える代わりに、エアリアから進歩した現代の魔法を習っていたんだ。

「それで、どっちが勝ったんだ？」

俺達は、審判であるサリアに勝敗を確認する。

「勝敗は今のところドロー、引き分けです」

「今のところ？」

なんだかモヤっとした判定だな。

「戦闘の最中に海底へ逃げた巨大イカがいましたから。お二人とも海上の獲物は退治していましたが、海の中の獲物はノータッチだったでしょう？」

ふむ、言われてみればそのとおりだ。巨大イカを倒した数を競う勝負である以上、倒していないイカがいるのであれば、確かに勝負はついていない。

「だが、なぜ終了だと宣言したのだ？」

シルファリアも同じ事を思ったのだろう。

「探知魔法の範囲外に逃げたので、これ以上はスコアを数える事が困難だと判断したためです。それで一旦中断して、勝負を継続するか否かの意思確認をしようかと」

「当然継続だ！　勝負を途中で投げ出すなど、戦士のする事ではない！」

シルファリアはやる気満々で海中に飛び込んでいく。水中呼吸の魔法が使えるのかなアイツ。

それじゃあ、俺も行くか。

「……」

と思ったんだが、なぜか飛び込もうとした俺の腕をサリアが掴んでいる。

「何？」

「邪魔者がいなくなったので、二人で楽しみませんか？」

「……」

どうやら勝負を中断したのは、そういう意図があったかららしい。

「あと、この空飛ぶ絨毯の魔法は、一度掛けると一定時間術式を維持する必要なく飛び続けますから安心です」

俺達は、シルファリアに内緒でこっそり勝負を棄権する事にしたのだった。

◇

「はっはっはっ！　どうやら今回の勝負は私の勝ちだったようだな！」

勝負に勝ったシルファリアは、誇らしげに高笑いする。いやぁ、そこまで誇らしげだと申し訳ない気分になるなぁ。

ともあれ、これで巨大イカの群れはほぼ全滅させる事が出来た。海底に逃げていったイカもシル

ファリアが退治してくれたし、多少残ったのもいるだろうが、定期的に上空から捜索すればすぐに駆逐出来るだろう。生き物を全滅させてしまうと生態系のバランスが崩れる心配があるが、サザンカの話ではイカは最近姿を現した外来種との事なので問題ないだろう。

動くもののいなくなった海上に、俺達は降りていく。

海面に近づくにつれ、先ほど感電死させた巨大イカ達から香ばしい香りが漂ってくる。うん、醤《しょう》油《ゆ》掛けたい。

「そんじゃこいつ等を食料として回収していくから、手ごろなサイズにカットするぞー」

俺達は海上に浮かんだ巨大イカや巨大魚の死骸を魔法や剣でカットしていき、魔法の袋に次々と収納していった。

うむうむ、これだけあればしばらくの間は食料には困らないな。このミナミッカ群島は食料が豊富だから不要だろうが、魔王との戦いを繰り広げてきた他の土地の人間には貴重な食料となるだろう。それに余ったとしても、北の地イナカイマには自然という天然の冷凍庫があるので保存も容易だ。

「しかしあれだ、せっかく手に入れたんだから、味見しておきたいな」

大量のイカを手に入れても、これで不味かったら目も当てられん。

「……ちょっと試してみるか」

◇

全ての食材を回収した俺達はミナミッカ群島に戻り、手ごろな島の砂浜へと降りる。

「アレで良いか」

「何をするんだ？」

近くにあった岩に近づいていく俺に、シルファリア達が首をかしげる。

「味見をするのでしたら、村に行くべきなのでは？」

「まぁ見てなって」

俺は、岩を偉大なる剣帝《ノーブルカイザード》で真っ二つに切り、平らな面を作る。

「ファイアアロー！」

そして岩に炎の矢を放って、一気に加熱した。

「油あったかな？」

魔法の袋から植物由来の食用油を取り出した俺は、それを岩の表面に垂らし満遍《まんべん》なく広げていく。

そして先ほどカットしたイカ肉をさらに細かくカットして、焼いた岩の上に並べた。

ジュウジュウと、イカの焼けるニオイが漂いだす。

「こんな料理法があったんですね」

雪国の住人であるサリアは、予想もしなかった調理法に驚きの声を上げて、岩の上のイカを凝視している。

イナカイマの方は年中寒いからな。外にいたら吹雪で凍死してしまうから、こうして屋外で調理するという発想がなかったのだろう。

「気に入ったぞ。今度私もやってみよう」

シルファリアは、豪快な岩フライパン調理が気に入ったみたいだ。

「えーっと、塩、塩っと」

これまた魔法の袋から取り出した塩をぱらぱらと振りかけていく。

刺身にするのも考えたのだが、素人が生食を作るのは良くない。衛生環境に不安があるこの世界では、調理の際は加熱が基本だからだ。生野菜とか間違いなく腹を下す。

「そろそろいいかな」

岩の上のイカ肉がいい感じに白くなって身が丸まり始めたので、俺は手作りの箸《はし》で一切れつまんで口に運ぶ。

歯で噛むと、弾力のある身が口の中でモニモニと音を鳴らし、噛み千切る楽しみを与えてくれる。

安い肉のようにただ硬いだけの食感ではない。力を入れればちゃんと噛み切れる柔らかさだ。

「うん、美味い！」

イカ肉には塩を振りかけただけだが、それでも十分な美味さだ。

昔歴史の先生に聞いた話では、大型のイカであるダイオウイカは浮力を得るために大量の塩化アンモニウムだかを含んでいるから臭くて食べられたものじゃなかったと言っていたが、コイツはそんな事もなく十分食える、っていうか美味い！

不味い普通のダイオウイカを食べた先生は、ご愁傷《しゅうしょう》様である。

「ええ、これは美味しいですね」

「うむ、量も多いし食べ応えがあるな！」

サリアとシルファリアは箸を使えないので、魔法の袋からフォークを出してあげた。

「これなら非常食としてだけじゃなく、ご馳走として振舞っても大丈夫そうだな」

むしろ料理人に頼んで、新しいメニューを考案してもらいたいくらいだ。刺身以外で。

「じー」

「ごきゅり」

俺がイカ料理に舌鼓を打っていたら、何やら声が聞こえてきた。

「きゃっ!?」

サリアが海の方を見て硬直する。

半魚人でも出たのかと思って俺も海の方を見ると、海面から複数の首が生えている光景に遭遇した。

「怖っ！」

さすがに何十もの首が海面から生えて俺を見つめていたのには驚いた。つーか、普通に怖いわ。

「美味しそう」

「何それ？」

どうやら素潜り漁をしていた獣娘達だったらしく、彼女達は小さな袋とナイフを手に持っていたというかだ。

水中に潜るためか、彼女達の衣装はかなりきわどい。

水の抵抗を減らすために布面積を減らし、ひらひらした部分はほとんどない。地球で言う、下着や水着に近い格好だ。

けど、水着と違って布の厚みがないので、濡れた肌にピッタリと張りついて肌の色が透けて見えた。

「いや、サザンカに頼まれて沖にいたデカいイカ達を倒してたんだ」

「イカ！　倒したの!?」

獣娘達が興奮した様子で俺に詰め寄ってくる。

海水で濡れた体が密着して、俺の服まで濡れてしまう。だが、いつも以上に薄着の彼女達がくっ付いてくれるので、それはそれで嬉しい。

「ああ、全部か分からないがめぼしいのは倒した。それで今、コイツが食えるのか試してたんだ」

「食える⁉」

イカとの戦いに興味を示していたはずの獣娘達の視線が、再び焼きイカに注がれる。

「えーと、食うか？」

「「「「食う‼」」」」

まぁ、イカは大量にあるから構わないだろう。

獣娘達は近くに生えていた木から大きな葉っぱと枝を取ってくると、焼かれていたイカを葉っぱに載せていく。

とってもワイルド。

「美味い！」

獣娘達が尻尾を立てながら興奮した様子でイカを食べ始めた。

どうやらお気に召したようだ。

「イカはなー」

「イカはねー」

しかしネコ系の獣娘達はイカを食べられないので残念そうだ。

「あー、魚もあるぞ？」

俺は魔法の袋から出した魚を、ネコ系の獣娘達に見せてやる。

「「たべりゅ!!」」

興奮しすぎだろ。

俺は、らんらんと眼を輝かせたネコ系獣娘達を宥めながら、岩のフライパンで開いた魚を焼く。

「おお、久しぶりの大きな魚！」

「あのイカのせいで小さいのしか食べられなかったからねー」

どうやら海辺の国で起きていた事が、この辺りでも起きていたみたいだ。

この様子だと、東の国の海でも同じ事になっていそうだな。特に、極東の国の民は、魚欠乏症に掛かって大変な事になっていそうだ。あの国の住民は刺身大好きだからな。

「ほら、焼けたぞ」

「やったー！」

獣娘達が大喜びで焼き魚を受け取っていく。

「魚ー！」

「さかなー！」

「うおー！」

あれ？　何だか増えてるような？　……っていうか、確実に増えてないか⁉

さっきまで二〇人くらいだった獣娘達が、今では五〇人くらいになってるぞ。

「もっと焼いてー」

「たくさん焼いてー」

「良い匂いがするー」

「あ、魚焼いてるー！」

島の奥からどんどん獣娘達がやってきた。

これはマズい、これは間違いなく延々とイカと魚を焼かされるパターンだ。

「よいしょっと」

俺は巨大イカの身の塊と大きめの魚をいくつか取り出し、獣娘達に差し出す。

「「「ニャー！　お魚──！」」」

「じゃ、あとはセルフでよろしく」

獣娘達が魚に夢中になっている隙に、俺達は飛行魔法で飛んで逃げたのだった。

◇

「助かったぞ、トウヤ。それにトウヤの女達もな」

巨大イカの群れを退治した俺達に、サザンカが労《いたわ》りの言葉を掛ける。

「頼まれたからな。まぁ、簡単な仕事だったよ」

「ふっ、私にかかれば大した相手ではない！」

「えっと、私は見学でしたので、何もしていませんよ」

ちょっと得意になって胸を張るシルファリアと、謙遜した様子を見せるサリア。

実際、あのイカの力は魔王四天王にはほど遠い。精々が中盤のボスキャラレベルだろう。

まぁそんなんでも戦いづらい海で何十体も出てきたら、普通の人間には十分ハードモードか。あと大きいってのも単純に武器になる。

うむ、そう考えると、わりと大変な仕事だったのかもしれない。

「この件については改めて礼をさせてもらおう」

「いや、そんな気にするような事じゃないが」

俺にとっては片手間な作業だったしな。

「いや、お前にはこのミナミッカの民の生活を守るために戦ってもらったのだから、礼をしなくてはならない。これは長として、人の上に立つ者としての責任だ。それ故、お前の働きに報いる事も長の役目だ」

なんという責任感のある台詞だろうか。どっかの王様達に聞かせてやりたいくらいだ。

「とはいえ今日は疲れただろう。褒美は今晩中に決める。今夜は村でゆっくり休んでいくといい」

ふむ、それはいいのだが、実はそろそろ魔王襲名の儀式が行われるので対策を練らないといけなかったりするのだ。

勿論この状況で魔王になるなんて真っ平ごめんだ。この世界の権力者達は、俺の利用価値がなくなれば間違いなく敵対してくるしな。

なにしろ俺は魔王を倒した魔王以上の存在だ。利権と保身に凝り固まった権力者達が、俺を邪魔に思わない訳がない。

だからこそ、奴等にとってシルファリアから提案された魔王継承の話は渡りに船だった事だろう。

彼等は自分達の娘を差し出す事で俺との関係を作り、俺と敵対する危険を減らしていたのだから。

勇者でなくなる事で俺が弱体化する可能性があるのなら、間違いなく王達は俺を魔王に就任させようとするだろう、っていうか実際ノリノリで推してきた。

しかし、俺が魔王継承の式典で魔王の跡を継ぐ事を拒否すれば、確実に人間達と、正しくは西方の土地に住む人間達と敵対する事になるだろう。

この世界は、大きく分けて四つの人の領域がある。

小国、中国、大国が大量にせめぎ合う西方。

大半が人の住めない領域で、かろうじて中小の国々のある北方。

国はなく、まとめ役がいる以外はそれぞれの島に部族単位で自由に暮らしている南方。

最後に、巨大な帝国のある東方。

さらに付け加えるならば、一応極東に変わり者の住む国家があり、西南の方角には魔族の暮らす小大陸がある。

西方と敵対するのなら、それ以外の領域の人達と協力するのもありだろう。

南方は魔法技術が独特なので転移魔法や通信魔法はないし、東の帝国はそもそも西と敵対しているる。とはいえ俺も魔王討伐の旅の最中に帝国とは色々とやり合ったのであまり気軽には行けない場所だ。

極東の島国は、もうなんか独自の世界を築いているので、うまく交渉出来れば同盟を結べるかもしれない。

まぁあそこは本当に極東なので、西と戦いになっても立地的に協力は期待出来ない訳だが。

そう考えると、何とかして東の帝国とのパイプは欲しいよなぁ。

と、そこまで考えた俺は、このミナミッカ群島がかつて魔族と帝国に狙われていた事を思い出す。

「そういえば、もう東の帝国とは関わってないのか？」

つっても、ミナミッカの獣娘達にとって東の帝国は縄張りに手を出してきた敵だしなぁ、あんまり期待出来そうにないか。

「いや、帝国は皇帝が代替わりしたとかで、改めて俺達と貿易を行いたいと言ってきた」

「マジで⁉」

そうだったのか。帝国も世代交代の時期とはねー。

当時俺は、皇帝を裏で操っていた魔族を倒してそのまま魔族との戦いに戻るために西に船を向かわせたもんだから、そこら辺の事情はよく分からんわ。

しかし、ふむ、帝国は頭が替わったのか。だとすれば、交渉の余地があるかもしれないぞ。

「なぁサザンカ、さっきの褒美なんだが、ちょっと頼んでもいいかな？」

巨大イカの大群を倒した褒美として、俺は貿易を求める帝国の人間に会わせてほしいとサザンカに頼んだ。

「ソレは構わんが、本当にそんな事でいいのか？」

何かもっと良いものを与えたいと思っていたらしいサザンカは、俺のお願いに不満顔だ。元手ゼロの良い報酬だと思うんだがなぁ。

「代替わりした帝国の新しい皇帝と繋がりがほしいんだ。そのためにもサザンカの口から俺を紹介してほしい。勿論、勇者だと明かす必要はない」

というか、かつて敵対していた以上、勇者の肩書きをいきなり名乗るのは危険だ。まずは交渉して、手を結べそうだと判断したら正体を明かせばいい。

ともあれ今は、帝国の上がどう変わったのかを確認したい。

「とはいえ、連中はいつ来るか分からん。それまでは村で過ごしてもらう事になるぞ」

仕方ないみたいな言い方だが、サザンカの口調はどちらかといえば嬉しそうに弾んでいた。俺が村に逗留《とうりゅう》する事になるのが嬉しいのだろうか？　まぁ、獣娘達はお祭り騒ぎが好きだからなぁ。

「トウヤ泊まるの？　もっと遊んでいくの？」

嬉しそうなのはサザンカだけではなかった。

村の獣娘達も、俺が逗留するかもと聞いて顔を出してくる。

「いや、やる事が色々あるからな。でも、ちょくちょくこっちに顔を出すよ。その時に帝国の人間がいたら顔合わせを頼む」

「なんだ、泊まっていかないのか」

「「「えー」」」

残念そうに口を尖らせるサザンカと獣娘達。

いやだって、このまま村にいたらミナミッカ群島中の獣娘がやってきそうなんだもん。

◇

「ここら辺かな」

村を出た俺達は、無人島に来ていた。

ここはサザンカが直接管理している島で、大きさはそこそこだが、魔物がいるせいで定住する獣娘はいなかった。それ故に俺が自由に使う事を許されたのだ。

ここを避難先にするために、環境を整えていく事にする。

「まずは転移ゲートの出口の設置、それに魔物の間引きか」

魔物は危険な存在だが、その素材は食料や資材などになるので全滅させる訳にはいかない。

村の住人達では手が出せないヤツ等だけは退治しておいて、あとは人間に危険が及ばない範囲で間引いておくのが適切な処置だろう。

「装置の設置とかは分からんから、私が魔物を間引いておこう」

「助かるよ」

ここはシルファリアの申し出を受けておこう。

「では、装置の設置のお手伝いは私が」

「ああ、ありがとうサリア。って言っても、置いて起動させるだけだけどな」

それから俺は、海の方を眺めながら呟く。

「基本島の海沿いは砂浜になっているようなので、極端に深いところはないな。となると港は作れないから、浅瀬まで近づいたら小船で他の島の住人と交流する形になるか。いや、深いところに魔法で岩の塊を出してそれを加工すればいけるか？」

以前街道に避難所を作った時の応用である。

次に、無人島の地形を考慮して、どこに村を作って転移ゲートを配置するかを考える。

「森が多いからな、半分くらいは切り開いて村と畑にしようか」

「トウヤ様、潮風が作物に影響を与えるとまずいですから、村との間の木々は残しておきましょう。木が潮風を遮《さえぎ》る天然の壁になってくれます」

防風林ってやつだな。さすが農業大国の姫、南国でもサリアの知識は役に立ちそうだ。

「よし、それじゃあ村と畑は島の中央に作るか……あと魔物避けにコンクリートの壁で村を覆って、ついでに砂浜まで道を作ろう」

大体の方針を決めた俺は、島の中央に降り立つ。

そしていつもの偉大なる剣帝《ノーブルカイザード》を抜き、手当たり次第に周りの木を切り倒していく。

「ギャオオオオオ!!」

ついでに襲ってきた魔物も真っ二つにして、おおよそ村と畑の分の土地を切り開いていった。

木と一緒に大量の魔物も倒れているが、どうせ狩る予定だったので手間が省けた。

「そういえば、コンクリートの壁を作れば防風林は必要なくないか？」

俺はふと思った疑問を口にする。

「いえ、畑や村を拡大する時の事を考えると、今はまだ不用意に伐採をするべきではないかと。木材は必要な分だけにしましょう」

なるほど。確かに地球でも、過剰な伐採や乱獲は禁止する方向に動いてるもんな。守らない連中はまだまだいるけど。

「次は切り株を引っこ抜くか」

「地ならしなら私もお手伝いさせていただきますね」

サリアが木の根っこの前に立つ。

「フラットクレイ！」

サリアの魔法が発動すると、地面がうねりだし、周囲にあった全ての切り株がポーンと地面から吐き出された。

「おおっ!?」

なんだ今の!?　土魔法のアースシェイカーよりも範囲が広いぞ！　それだけじゃなく、地面に半分埋まっていた大きい岩も掘り出され、凸凹《でこぼこ》だった地面が平らになっている。

「建築から農業まで幅広く使える生活魔法です。この魔法は範囲内の全ての土地を均一な状態にしてくれるんですよ」

「そりゃすごい」

うわお本当にすごい。昔は便利な魔法がいっぱいあったんだなぁ。

俺は、地面に転がっている切り株を担いで一ヶ所に集める。重い切り株も、肉体強化があれば楽々運べる。魔法万歳ですな。

「コイツは日干しにして乾燥させ、薪《まき》として再利用しよう」

サリアに協力してもらって一通り森の中を更地《さらち》にしたら、攻撃魔法グランダスランスで巨大な岩を出し、偉大なる剣帝《ノーブルカイザード》でカットして村予定地の周囲を囲っていった。

大工が魔物に襲われないようにするための仮設の防御壁である。

ただこの岩にだけ頼っていると魔物に破壊された時に代わりがなくなってしまうので、コンクリート壁の製作は必須だ。いずれ俺がいなくなった時の事も考えておかないとな。

「よしっと」

これで魔物が村の中に入るのは不可能になった。外壁はまだ加工が必要だが、そのあたりは出来る人間に任せておこう。

あと村の管理のために海辺の国に住んでいた連中と失業した傭兵達を住まわせよう。避難用の村とはいえ、誰も住んでいないと家って劣化するからな。現代の科学でも何で家が劣化するのかはまだ判明していないんだっけ。

「じゃ、そろそろ転移ゲートを設置するか」

俺は魔法の袋から転移ゲートの出口を取り出し、それを村予定地の中央に配置した。

転移ゲートは石材で組まれたブロックの集合体で、中心には大きな一枚岩の上に魔法陣が描かれている。魔法陣の四隅には大きな穴が空いており、その穴に杭を打ち込んで地面に固定する。

「えーと、この魔石をここに設置して、魔力を込めれば魔法陣は起動するっと……よし、動いた」

魔法陣が俺の魔力によって起動し、文字に沿ってかすかに光を放ち始める。

ちゃんと動いているみたいだ。

それじゃあ、シルファリアが帰ってきたら転移魔法で一旦イナカイマ村まで戻って、転移実験を行うとするか

◇

「ただいまーっと」

転移魔法でイナカイマまで戻ってきた俺達は、魔法使い達が研究に使っている建物に向かう。

その時、向かっていた先から巨大な光の柱が上がった。

「あらー、また魔法使いさんが実験に失敗したみたいねぇ」

「怪我とかしてないといいけど」

サリアとシルファリアがご近所のおばさん達がする会話のようなノリで話しているが、ここから見える光景は、明らかに危険とかいうレベルを超えた大失敗に見えるんですけど。

天高く伸びる光の柱ってどんな魔法災害だよ。

さすがにあまり派手にやりすぎるとここに王都から調査隊が来かねないからな、一応注意しておくか。

◇

「ふはははは！　成功だ！　大成功だ!!」

「これで新しい魔法時代が始まるぜぇぇぇぇ!!」

サリア達と別れ、教授に装置設置の報告をするために光の柱が上がった場所に来た俺は、狂乱、もしくは乱痴《らんち》気《き》騒ぎ、とにかくそういうはっちゃけた言葉が似合いそうな光景に遭遇していた。

いや、コレはサバトと言うべきだろうか？

「おーい」

「む、勇者殿ではないか！　良いタイミングで帰ってきた！」

むしろ俺にとっては悪いタイミングですよ。

興奮した様子の教授が猛然と近づいてくる。

「一体何をやらかしたんですか？」

「やらかしたとは酷いな、これは新しい世界の扉だぞ」

「扉ねぇ」

単に魔力暴走を起こしただけだと思うんだが。

天に届いていた魔力の光はすでに消滅しており、今は強大な魔力の残滓《ざんし》があるのみだ。

「はははははっ！　コイツはなぁ、異世界への扉を開けるための魔法式なんだよ！」

久しぶりに会った気のするジャックが黒こげになったままこちらにやってくる。

てかお前、その姿でよく生きてたな。

……ってあれ？

「お前今、異世界への扉って言ったか!?」

「おうよ！　エアリアの姉ちゃん達と研究してた異世界へ転移するための魔法陣が完成したのよ！」

マジか⁉　それってとんでもない事じゃね⁉

「じゃあまさか……」

「あー、悪いけど、そっちのご期待には添えないわね」

と、そこにエアリアが加わってくる。

エアリアは美しい髪をススだらけにして、ゲンナリした顔をしていた。

「扉が開いたって言っても、トウヤを元の世界に帰す事は出来ないわ。あくまでも、別世界への扉が繋がったってだけだから」

それはそれで凄いんだが。

「で、どこに繋がったんだ？」

「分かんない。繋がった途端とんでもない量の光が溢れ出してきて、防御魔法を発動するだけで精一杯だったわ。結局魔法陣は溢れてきたエネルギーに破壊されて、扉は自然消滅。っていうか、そうならなかったら全員死んでたかも」

マジで危険な事してんなーコイツ等。頼んだのは俺だけどさ。

「あんまり無理するなよ。俺が戻れないのはもう仕方ないいんだ。その事でお前に何かあったら、お前の爺さんになんて言って謝ればいいいんだよ」

「ご、ごめん」

まぁ狙ってやったんじゃないし、それを責める訳にもいかないか。俺は魔法の袋から出したタオルを、魔法で生み出したお湯に浸して濡れタオルを作る。

そしてエアリアを抱き寄せると、顔と髪を拭ってやった。

「よし、綺麗になった」

「あ、ありがと」

エアリアが顔を真っ赤に染めて礼を言ってくる。別にこの程度の事、礼を言われるほどでもないけどな。

「けど、この有様じゃ実験は失敗なんじゃないのか？」

俺は散々な状態の荒地を見てため息を吐く。

「そうでもないわ、異世界と行き来する扉を繋げる事が出来たんだもの。どこに繋がるかはまだ分からないけど、それでも世界と世界を繋ぐ回廊《かいろう》を維持し続ける事が出来れば、いずれ私達は異世界へ自由に行けるはずなのよ。これって凄い事だわ！」

エアリアが興奮した様子で実験の結果を語ってくれる。やっぱ魔法使いってのは皆マッドな素質があるのだろうか？

「じゃあこれからも新しい世界への扉を開き続けるのか？」

「あー、それはちょっと無理ね」

と、エアリアはそこでトーンを落とした。

「魔法式を解析しなおして、さっきの場所には繋がらないようにしないといけないわ。私達が生存出来ない場所に繋がってもなんの意味もないもの」

そらそうだ。

「なーに、繋がる事は分かったんだ！　後は回数をこなせばコツも分かるさ！」

「ああ、異世界への扉が開けば、向こうの魔法技術を手に入れて俺達はさらに進歩する事が出来る！　まさに魔法革命だ！」

「「「フォーーーーーーー!!」」」

魔法使い達は大興奮で踊り狂っている。まぁ、まだしばらくは研究も完成しそうにないな。

けど、異世界への道を繋げられるようになったというのは、いつかは地球に帰れるかもしれないって事だ。気長に待つとしよう。

しかしコイツ等、もしかしてホントに天才なんじゃないだろうか？　言ったら調子に乗るから言わないけど。

「あ、そうだ。避難用の転移ゲートを設置したから、早速転移装置を起動させて向こうに何人か人を送りたいんだが」

あやうく本題を忘れるところだったぜ。

「おお、準備が整ったか。それで、どこに転移ゲートを置いてきたのだね？」

「南方のミナミッカ群島です」

「そりゃまた遠くに置いてきたもんだな。装置がちゃんと動くといいが」

教授が顎《あご》に手をやって難しい顔を見せる。

ん？　転移魔法なら距離は関係ないんじゃないのか？

「何か問題あるんですか？」

「いやな、転移魔法や通信魔法は、ある一定の距離を離れると接続が甘くなる時があるのだよ。ミナミッカ群島はこの北方からかなり遠いからな。出来れば中継地点となるゲートを用意しておきたいな」

ふむ、魔法の専門家である教授が言うのだから、そうなのだろう。

いや待てよ？

「けど俺は転移魔法で自由に移動出来ますけど」

そうなのだ。俺は距離にかかわらずミナミッカ群島とこの北方の地を自由に移動出来た。

「それは勇者殿だからだな。規格外の魔力の持ち主であり、神の加護も持っている。だから勇者殿には我々の常識は通用しないのだよ」

むぅ、俺が異常だという事なのか？

「それももうすぐ終わりだぜ！　異世界への扉が開いて異世界の魔法を学べるようになったら、俺はお前を超える大魔法使いになるんだからなぁ！」

ジャックがびしっと俺を指差してくる。

コイツは魔法使いの国である魔法都市で出会ったんだが、他人と競争するのが生きがいの面倒な性格をしてるんだよな。あの都市にいた時は事あるごとにつっかかってきて面倒だったんだ。ただ、意外に研究者肌なので、頻繁に研究室に籠もりがちになる。そのため、ほかの連中が実験をしに外に出てる時も、自分の研究に没頭していたりした。つまり出番が少ないという事だ。

「とはいえ、村の人間達の避難先の確保が先決だ。中間地点用の転移ゲートは用意してやる。調整をするから俺も連れていけ」

予備の転移ゲートを運んできたジャックが同行を申し出てくる。なかなか責任感のある男だ。

「そして俺も獣人の天国ミナミッカ群島に連れていけ!!」

たぶんに問題のある発言をしながら、ジャックはうっとりとした顔で俺に命令してきた。

お前、ケモナーだったのかよ。

第一五話　幕間、黒幕達絶叫する

時は少し前にさかのぼる。

「ゆ、勇者が来たぞぉぉぉぉぉぉ‼」

「ば、馬鹿な！　なぜここが分かったというのだ⁉」

「い、いかん！　すぐにアレを奥へ引っ込めろ！」

暗闇の中、邪悪な気配をひた隠しにしてきた者達は、トウヤが現れたという事で混乱の極みにあった。

「リヴァイアサンだけでなく、アレまで討ち滅ぼされたらさすがにあのお方が激怒する！　それだけは避けねば！」

だが、彼等がパニックに陥っている間に、トウヤはすぐに転移魔法で帰っていった。

「ど、どうやら我等の存在に気づいた訳ではないようだな」

「うむ、勇者は転移魔法が使えるからな。一度転移されると居場所を突き止めるのに時間が掛かるのが難点だ」

「何のために来たと思う？」

「リヴァイアサンの事を調べに来たんだろう。元々アレはこの北海の生物。件《くだん》のトゥカイマの姫から得た情報を元に、この地に異変がないか確認しに来たといったところか」

「ありうる話だ。だが今となってはリヴァイアサンが移動した痕跡を見つけるのは不可能。我々との関係を示す証拠はどこにもない」

影達が安堵のため息を洩らす。

話題は変わって魔王の後継問題に移る。

「それよりも問題は姫君だ。よりにもよって勇者を魔王の後継にしようなどと」

「だが勇者は我等の敵だ。従う者はいるまい」

「いや、勇者が魔王になったという前例がないだけだ。我々魔族の原理的思想から考えれば、単純に先代魔王以上の力を持つというだけで、勇者を後継者と認める者達は一定数いるだろう」

「軟弱者共め！」

「先代魔王の娘である姫君が認めているのも問題だな」

「あのジャジャ馬！　女は女らしく、大人しくしていればよいものを！」

「本人に聞かれたら殺されるぞ。下手な高位魔族よりも素《す》の力は強いからな」

「むぅ……」

闇の中が重苦しい沈黙に包まれる。

「とにかく、勇者が警戒している以上、我々は動かない事だ。人間達の間で勇者に対する疑念と不満が広まるまで待つのだ」

「しかし魔王就任の式典はどうする？　魔王を名乗られたら、我等は勇者に従わねばならなくなるぞ」

「好きにさせておけ。形ばかりの椅子に座った張りぼての魔王だ。儀式を行わねば真なる魔王にはなれぬ。従う振りをしておけば良い」

「儀式には玉璽《ぎょくじ》が必要だ。儀式を経た者だけが受け継ぐ事を許される真なる魔王の力……か。我等が探し求め、未だ見つからぬ秘宝」

「ここまで見つからぬと、実在するのかどうか疑わしいがな」

「貴公は若い故信じられぬだろうが、真なる魔王が降臨した記録は確かにある。ならば玉璽も必ず実在するという事だ」

影達の間に緊張が走る。

「先代の魔王ですら玉璽を手に入れる事は出来ず、真なる魔王にはなれなかった。玉璽の捜索が困難な事はすでに分かっている。だが、その玉璽さえ見つけられれば、我等が魔王を襲名する事が可能だ。そして勇者を殺す事すらもな」

「うむ。そのとおりだな」

「やはり玉璽の捜索が先か」

「では、引き続き我らは玉璽の捜索を優先する。失われた玉璽を我らの手に！」

「「「「承知」」」」

そうして、闇に再び静寂が戻った。

◇

そして現在に戻る。引き続き、ここは北海の闇の中。

「あ、あの光の柱は何だ⁉」

「とんでもない魔力量だ！　いや、アレは本当に魔力の光なのか⁉」

イナカイマで突如として浮かび上がった光の柱を見て、影達はパニックに陥っていた。

「天の果てまで伸びる確かな力を持った光の柱、今、世界各国の部下から通信があったが、彼等にも見えたそうだ」

「各国だと？」

「うむ、人間の西側の国だけでなく、はるか遠く東の国に潜んでいた部下達にも見えたらしい」

「ど、どれだけの魔力があればそんな魔法が放てるのだ⁉」

「光の柱があった場所には何もなかったはずだ。あるとすれば、かつて滅びたトゥカイマ王国の遺跡くらいだ」

「まさか勇者か！　勇者がトゥカイマの姫から情報を得て、何らかの大魔法を発動する古代のマジックアイテムを蘇《よみがえ》らせたのか⁉」

「ありうる、トゥカイマは優れた技術を持っていたからな。だとすればまずいぞ。仮に我等が挙兵しようとも、あのような凄まじい魔力で攻撃されたらただでは済まん！」

　完全に的外れな意見が飛び交っているが、恐怖に凝り固まった彼等はそれを真実だと信じて疑わない。そして、大胆すぎる行動へ突き進む。

「とにかく、まずは調査だ。あの場所に何があるのか調べるのが先決だ。そして可能ならば、アレを我等が奪う！」

「おお、そうか！　あの力を我等が奪えば勇者も恐るるに足らずか！」

「そうだ、うまくやれば玉璽がなくても世界を手に入れる事が出来るやもしれぬ」

「確かに、我々の存在がばれていない今なら可能だな」

「よし、正体不明のマジックアイテムを略奪するための部隊を編成するのだ！」

「「「ウム！」」」

こうして、魔族による謎のマジックアイテム強奪作戦が開始されたのだった。

◇

「偵察部隊が全滅した」

そして、作戦は失敗した。

「何だと⁉」

「我等の隠密《おんみつ》は完璧だったはず。勇者が気づくはずがない！」

「いや、おそらくは欺瞞《ぎまん》だ！」

「何⁉」

「勇者はすでに我々の存在を察知していたのだ。それで、切り札のマジックアイテムを見せる事で我々をおびき寄せたのかもしれん」

「まさか！　勇者の陽動だったと言うのか⁉」

まさかの大ハズレである。当のトウヤは、裏で暗躍する魔族が自分を監視している事など、気づいてすらいないのだから。

「ミナミッカ群島に送り込んだクラーケンの群れを殲滅された事と無関係とは思えんな」

完全に無関係であるが、やはり彼等は気づいていなかった。

「だが、陽動に引っかかったとはいっても、この基地は気づかれてはいないはずだ！　とにかく勇者への干渉は即座に中止！　作戦を変更し、勇者には手を出さず、あくまでも玉璽を優先して行動するのだ！」

「わ、分かった」

「勇者が警戒していると分かった以上、それしか方法はあるまい」

影達の気配が闇から消えていく。

「さすがは先代魔王を倒した勇者。我等の暗躍などとっくにお見通しか」

その言葉を最後に、影の気配は全て消えたのだった。

◇

「また失敗しやがった」

「むぅ、今度は別の場所に回廊を繋げてしまったらしいな！」

「光の次は炎か、じゃあ次は水か土か風だな」

「闇の可能性もあるぞ」

発生した巨大な炎によって荒地から進化（？）を遂げた不毛の大地の前で、教授達があぁでもないこうでもないと新しい転移魔法についての会議を続けている。

「うーん、ジャックが向こうに行ってるだけ、少しはマシになったのかねぇ？」

俺は、ミナミッカ群島へと送られたジャックがここにいなくて良かったと思った。一人いなくなれば、暴走する奴が一人減るからな。

だが、果たしてこの実験が成功するまで、北の大地は保つのだろうか？　もしくはその前に加減を覚えてくれるだろうか？

……焦土《しょうど》になる方が早そうだなぁ。

そんなこんなで俺達は、知らず知らずの内に魔族の偵察部隊を撃退していた事に気づかないのであった。

第一六話　勇者、決別をする

遂にこの日が来た。

俺は転移魔法でバルザックの屋敷へとやってきていた。

近くにいたメイドにバルザックを呼んでもらい、俺は応接室で待つ。

すると、五分もしないうちにバルザックがやってきた。

「おお、連絡が付かなくて心配したぞ！　今までどこに行っていたんだ？」

普通に、本当に普通に接してくるバルザック。

バルザックの立場で、逆召喚術式の資料が一切合財盗まれた事を知らないはずがないだろうに。

「ちょっとやる事が出来てな。忙しくてこっちに来る暇がなかったんだ」

そう平静を装って答えたものの、今すぐここで聞きたかった。お前は逆召喚術式が召喚の間から消されていた事を知っていたのかって。

お前は、誰の味方なのかって。

だが、今はまだ聞けない。

ここで聞く訳にはいかない。

「こっちは色々あったんだぞ。空に上る謎の光や炎の柱が観測され、魔王が復活したんじゃないかってな」

それ俺等が犯人だわ。だが、勿論適当に濁しておく。

「ああ、それなら俺も見たよ」

「調べたのか？」

「ああ、けど移動中に消えたからな、結局どこで何が起こったのかは分からずじまいだ」

実際、魔法陣は開放された光や炎で破壊されてしまったからな。

「研究者達は北の方角から光が発せられたと言っているが、今の国に北方に向かう体力はない。北方の国に聞こうにも、連中にも国家として何か出来るほど体力はないだろうしなぁ」

実際の話、西側の国家がイナカイマに向かうのは無理だろう。

極寒の大地は、よほどその土地に慣れた者でなければ奥地まで行けない。数で攻めれば何とかなる、という訳ではない。

例えば北の地に吹雪をしのぐための住居を作り、道を作り、食料を自給出来るようにして少しずつ生活圏を広げつつ進んでいけば、今俺達が暮らしている大陸最北端までたどり着くだろう。

しかしそれでは最北端に達するには何年も掛かる事だろう。現実的ではないはずだ。

また、海路を使うのはもっと危険だ。

なぜか北方の海は古い生物が多く、古代の巨大な魔物が多く棲息しているのだ。

リヴァイアサンほどではないものの、船を一呑みに出来るくらいの巨大魚が普通に存在している。

北の海は正に魔の海と言っていいだろう。

さらに――

「空も駄目だな、北の奥地に向えば吹雪と風でまともに進めなくなるどころか、自分がどっちを向いているのかも分からなくなった」

「ふむ、そうなると専門家を雇って調べてもらうしかないか」

「それがいいだろうな。俺達は北国の専門家じゃない」

そうアドバイスしてやったものの、まぁ、仮に北の国の人間に調査を頼んでも、サリアと酔狂な魔法使い達が張った結界魔法で道に迷う事だろう。

俺達の村に来た魔法使いは、年功序列や権力に邪魔をされて研究が出来なかった者だけじゃない。

常人には理解出来ない魔法を作る事に血道を上げる、本当の天才達《へんたい》もいるのだ。

平時は全く役に立たないが、彼等の開発する技術は本当に頼りになる。

ちなみにそんな「へんたい」とは、教授を初めとしたほぼ全員の事である。

え？　予想してた？

ともあれ、イナカイマとその周辺の村、ラウンズコロニーの防衛は無駄に完璧だった。

「他に何か問題はあったか？」

状況確認を含めて、俺はバルザックの近況を聞いてみる。

「色々あったが、そうだな。小国がいくつも壊滅してるのが、今一番大きい事件だな」

「壊滅って戦争か？」

俺はその答えを知っているが、あえて質問する。

「いや、噂では国民が消えたのが原因だそうだ」

「消えた？」

「ああ、ある日突然何十人もの人間が消えるらしい」

「誘拐？　それとも奴隷商人か？」

「スラムの住人もいたらしいから、身代金目的の誘拐の可能性は低いな。むしろ奴隷商人の方が可能性としてはありそうだが、人間を数十数百人単位で攫《さら》っているんだ、奴隷商人自体が国に捕まるな」

まぁそうか。

「あとは怨恨《えんこん》か？」

「それが一番可能性が高いな。ただ、崩壊した国は複数あるから、どんな理由かはまだ確定していない」

そら犯人が目の前におったら見つからんわ。ふむぅ、コレが推理小説の犯人の気分ってやつか。

ちょっと癖になるね！

「旦那様、トウヤ様、そろそろ式典の時間でございます」

バルザックの家の執事がやってきて、俺達に時間を告げる。

「おっと、もうそんな時間か。ではこの話は式典の後にしよう。式典用の着替えは用意してあるから、メイドに頼んで着替えさせてもらえ」

バルザックは執事と共に部屋を出て、俺もまたメイドに連れられて応接室を出るのだった。

さぁ、戦いの始まりだ！

◇

「勇者トウヤ・ムラクモ入ぅ〜場〜！」

扉が開き、視界に赤い絨毯が飛び込んでくる。

といっても、見慣れたハジメデ王国の謁見の間の光景、ではない。

ここは王都にある外部式典会場だった。

国が国民に広く知らしめる出来事がある時に使う場所で、かつて俺が魔王を倒した時にもここが使われた。あの時は早々に地球へ帰るつもりだったので、式典の参加とかはパスしていたのだが。今思うと、王達にとっても、俺が式典への参加を辞退して地球に帰ろうとしたのは内心喜ばしかったんじゃないだろうか？

扉を出て、式典会場へと歩いていく。大勢の観客達の歓声が響く。ここにいるのは全員が貴族だ。各国の王族や上級貴族が、俺の魔王就任を祝いに来ていた。

全員、影武者だけどな。

それも腕利きの影武者ばかりだ。

当然である。どこの世界に、魔王就任を祝う貴族がいるだろうか？

本来ここで俺を祝ったであろう国民達は、風魔法による音声の伝達、つまりスピーカー魔法で式典の様子を聞いていているらしい。

一歩、また一歩と俺は進み、人々の視線が俺を追う。む、一応バルザックとミューラは本物か。

そして向かう先には、盟主であるハジメデ王国の国王と、魔王の娘、シルファリアがいた。

彼等は式典会場の玉座におり、俺は途中から長い階段を上って彼等の下へと行く。

……つーかさ、魔が付くとはいえ、王への就任の式典なのに、明らかに国王の下で就任を許可してもらう形なのな。

魔王は人間の王の下の存在だ、という無言の主張だろう。

よくよく見ると、シルファリアも微妙に空気が硬い。あまり良い気分ではなさそうだ。

シルファリアといえば、魔族の姿が見当たらないな。仮にも魔王就任の儀式が行われるんだ、魔族側のそれなりの貴族は来てもおかしくないと思うんだが。

ここにいる魔族の気配はシルファリアだけだ。偽装しているような感じも受けない。

というか、魔王就任のめでたい式典で人間に変装する訳もないか。となると、魔族は式典をボイコットしたのか？　少なくとも、笑顔で俺の魔王就任を認めた訳ではなさそうだ。

「これより、勇者トウヤ・ムラクモの魔王就任の儀式を行う」

国王が儀式の開始を宣言し、広間の影武者達が歓声を上げる。

サクラの皆さん仕事熱心だね。

なにせ勇者が魔王になるのだ、形ばかりの地位といっても民は不安に思うだろう。

だからサクラの皆が俺の魔王就任を大々的に祝い、国民の不安を和らげようとしているのだろう。

「勇者トウヤは、世界の平和を維持するため、魔族の王となって悪しき者の横暴より皆を守る事を選んだのだ！」

おいおい、それ思いっきり魔族は悪って言ってるようなもんだぞ。隣のシルファリアの頬が引きつりかけている。

「さぁ勇者、いや魔王トウヤよ、民にそなたの崇高な決意を聞かせてやるが良い」

いやー、ここまでの流れはあらかじめ打ち合わせしてあったから大筋は知っていたけど、こんなにも酷いとは思ってなかった。

王都に紛れ込ませておいた忍者娘達からの、個別通信魔法を用いた報告を聞く。あちらでも役人達は、勇者は邪悪な魔族を監視するために魔王の座に就くと説明しているみたいだ。

明らかに、魔族との和平とか考えてないな、コイツ等。

これはもう決まりかなぁ。けど、やると決めた以上、しっかりやりますか。

「……さぁトウヤよ！」

俺がずっと無言だったので、王様がもう一度促してくる。

んじゃ、やるか。

「私、トウヤ・ムラクモは、世界の平和を守るため、魔王の座を継ぐ事を受け入れませんっ!!」

スピーカー魔法が俺の声を王都中に響かせる。

だが、その内容は、この式典会場にいる全ての人間が想定していないものだった。

「………何？」

ようやく俺の言葉を理解した王様が、声を発する。

「今、何と言ったのだ？」

「魔王の座を受け継がないと言ったんです」

「な、なぜじゃ!?」

王様は訳が分からないと声を荒らげる。

「魔王の跡を継ぐ事はそなたも受け入れたではないか！　それがなぜ突然!?」

なぜと問うか。

なぜ魔王の地位を受け入れないかと問うたか。

「それは貴方達が一番よく知っているはずです！　勇者を元の世界に帰すための逆召喚魔法を使えば、送られた勇者がどうなるかもね！」

「なっ!?　なぜそれを!?」

またもや、なぜと来たよ。

それはつまり、この王様は、逆召喚術式がどういう結果をもたらすかよく知っているって事だな。

俺は王に一歩近づく。

「っ!?」

王は顔を青くして一歩下がる。

顔が青くなるって事は、やましい事があるんだろう。

「勇者を元の世界に送り返すはずの逆召喚術式は、その実どこへ飛ばされるか分からない流刑の魔法でした。アンタ達は勇者達を元の世界に帰すという甘言で惑わせて、戦いが終われば抹殺してきたんだ！」

式典会場の外からどよめきが聞こえる。

スピーカー魔法で中の様子を聞こえるようにしたのが裏目に出たみたいだな。

「ま、待て、待つのだ！　勇者トウヤよ、そなたは騙されておるのだ！」

はっはっはっ、この期《ご》に及んで抜かしよる。

「騙されているですか？」

「そのとおりだ！　わが国では、今も宮廷魔法使い達によって、そなたを元の世界に送り届けるための研究がなされておる。断じてお主を抹殺しようなどと考えてはおらぬよ」

自信満々に答える王。ここまでハッキリと断言されれば、何も知らない人間ならば騙されてしまうかもしれないな。

「では、なぜ王宮の召喚の間から、逆召喚術式の魔法陣が消されているのですか」

「っ!?　あ、いや、それは誤解だ！　誤解なのだ！」

何が誤解なのか聞いてみたいが、あまり時間を掛けてもよろしくない。

さっさと進めよう。

「もう俺を騙していたあんた達を信頼する事は出来ない。俺はこれから自分の意志で、この世界の復興を行う！　あんた達が手を出せない場所でな！」

そう言うと、俺は飛行魔法で浮かび上がり、バルザックとミューラに向きなおった。

「バルザック、ミューラ、お前達はどうする？」

「な……に!?」

想定外の出来事が起こり思考が停止していたらしいバルザックとミューラだったが、俺からの問いかけで正気を取り戻す。

ミューラが問うてくる。

「それは……どういう意味ですか？」

「今話したとおりさ。逆召喚魔法は勇者を元の世界に帰すどころか、どことも知れない異世界に勇者を捨てるための魔法だったんだ」

「そんなバカな!?」

バルザックが驚きの声を上げるが、果たしてその声は真実を語っているのだろうか？

「信頼出来るプロの連中に調べてもらった。そしてそいつ等が、俺を元の世界に帰すのは無理だと断定したんだ。逆召喚魔法に、望んだ世界と空間を繋げる手段はないってな」

「その、そこまで分かった上で、『どうする』という言葉の意図はなんですか？」

うん？　会話の流れで理解出来るかと思ったが、教会の箱入り娘はこういう状況には鈍いらしい。

それとも、信じたくないから理解が及ばなかったのか？

「俺の味方になって人間達と袂《たもと》を分かつか、俺と手を切って人間世界に残るのかどうかだ」

まさか説明が必要とは思わなんだわ。

「お前達は、どうする？」

ここが、俺達にとって最も長い一瞬となるのだった。

◇

「お前達は、どうする？」

俺の最後通告に、バルザックとミューラがたじろぐ。

バルザックはハジメデ王国の騎士、そしてミューラは生まれた時から教会の教えにどっぷり浸かって育ってきた聖女。

そんな二人が、自分達の所属する集団を裏切れるか？

答えは否だろう。

彼等は、家族を亡くし己を形作る立場や居場所を求めるエアリアや、文字どおり何もかもを失ったサリアとは違うのだ。

彼等には戻る場所がある。捨てる訳にはいかない己の居場所があるのだ。

だから、二人は来ないと分かっていた。

「おい！　私には聞いてくれないのか!?」

と、そこで、ご機嫌斜めなシルファリアからクレームが入った。

「あれ？　お前さんは魔族の側だろ？　俺を魔王にしようとした張本人だし」

うん、そうだ。元々シルファリアが俺を魔王にしようとしたから、こんな事になったのだ。

さらに言えば、彼女の本心よりも、彼女の立場そのものが面倒のタネである。

「私はお前を王にして子供を跡継ぎにしたいだけだ！　別にお前が元の世界に戻っても構わんし、人間と袂を分かつならむしろ大歓迎だぞ！」

凄い清々しいくらい自分の損得で動いてるな。

だが、それを隠そうとしないだけ、人間の貴族よりは好感が持てる。あくまでも人間の貴族よりはだが。

「けど、俺と一緒に来たら、魔族とも関係を断つ事になるぞ。俺はこの世界の全ての集団と袂を分かつつもりだからな」

まぁ実際には、ミナミッカ群島のサザンカ達のように、協力出来る連中とは手を組む訳だが。とはいえ、西側国家の連中はアカン。コイツ等は逆召喚術式の事を知っていた訳だしな。

だから、俺が袂を分かつのは西側の人間という事だ。

「まぁ別に構わんぞ。魔族は基本、自分以外は敵だからな、味方は自分の肉親くらいだ」

わぁ殺伐。

「トウヤが己の国を興《おこ》すのなら、私はその国でお前の子を育て、改めてわが子と共に魔族統一を果たすだけだ！」

男前すぎる。シルファリア、どこまでも自分の野望に素直な女だ。

あと面白いのは、自分が王になるんじゃなくて、俺と自分の子供を王にしたがってるってトコだな。この辺り、魔族だからなのか、シルファリアだからなのか、じっくり聞いてみたいもんだ。

「という訳で、お前が魔王にならないのならそれはそれで構わん。息子を魔王にするだけだからな！」

シルファリアが翼を羽ばたかせて俺の下へと飛んでくる。

「だから私を連れていけ！」

ふむー、シルファリアは魔族の寿命が長い事もあって、焦る気はないようだ。むしろ魔族に影響力があるんだから、ヘタに勝手をさせるよりは、手元に置いておいた方が良いかもな。

「分かった。なら付いてこい」

「うむ、そうするぞ！」

こうして魔王の娘シルファリアが俺に付いてくる事になった。

残るは二人。

「……トウヤ」

次に口を開いたのはバルザックだった。だが、彼の表情を見れば、後に続く言葉は聞かずとも分かる。

「すまない、俺はお前と共に行く事は出来ない……俺は、この国の騎士なんだ」

「そうか」

まぁしゃーない。バルザックの答えはあらかじめ予想出来ていたし、それになにより彼には奥さんがいる。いくらなんでも、貴族として何不自由なく暮らしてきた奥さんに、貴族の地位を捨てて田舎で働く事にしたから付いてきてくれなんて言える訳がないだろう。

「だが……俺は逆召喚魔法陣の事は本当に知らなかったんだ！」

「そうか」

ぶっちゃけどっちでもあんま変わらんけどな。人の心を読む事の出来ない俺には、相手の本心を知るなんて土台無理だ。

さぁ、最後の一人だ。俺はミューラを見つめる。

「っ!?」

視線を向けられたミューラが戸惑いで身を震わせる。

「お前の選択を聞かせてもらおうか」

魔王か俺は。イカンな、魔王の死に際の言葉が真実味を帯びてきた気がするぞ。人類の敵一直線ルートじゃねーか！

まぁ俺は極寒の僻地を本拠地にして籠もるから、敵対する人間が俺を攻撃するのはほぼ不可能だろう。つっても、転移魔法で自由に移動出来るから、とってもアクティブな引き籠もりライフを送るつもりだけどな。

「トウヤさん……私は」

ミューラがゆっくりと口を開く。

「私は……っ」

そして心を決めたのか、言葉に力が籠る。

「私はトウヤさんと共に歩み、生まれてくる子供達に神の教えを伝え、人々が心から平和を願って神への祈りを捧げる、そんな世界にしたいですっっ‼」

予想の斜めはるか上空を行く、熱烈すぎる答え来たぁぁぁぁぁぁぁぁぁぁ‼

「……え、えっと、良いんじゃやない？」

さすがの俺も、そう言うよりほかなかった。

……あれ？　これってもしかして、プロポーズされた事になるのか？

「では私も連れていってください！」

かなり勢いに任せたプロポーズを叫んだミューラが、顔を真っ赤に染めつつも俺に向かって手を伸ばす。まぁ、この様子なら連れていっても良いかなぁ。

だが、それを良しとしない者もいた。

「ミューラよ、何を言っておるのだ！」

叫んだのはミューラの横にいた豪奢《ごうしゃ》な服を着た老人だ。その体はややふくよか、血色も良い。良い物食ってるなぁと見ただけで分かるほどだ。たぶん教会関係者だなアレ。

「申し訳ありません枢機卿《すうききょう》様。私は勇者様と共に行きます。それが勇者様を心から支えるべしと教わった、私の生きる道ですから」

ミューラの声音がいつもよりも高い、というよりも感情的だ。もしかしたらあの枢機卿はミューラに近しい人間なのかもしれない。

「ならぬ！　お前はこれから聖女として、神の教えをあまねく世界に広めねばならぬのだ！」

「いいえ、それは違います。神の教えを伝えるのは聖女の役目ではありません。布教とは、神に仕える全ての者が、未だ神の教えを知らぬ者に神の愛を伝える事。むしろ聖女と呼ばれる私が前に出ては、全ての信徒が神の教えを広める障害になりましょう」

「ぬっ、う、この！」

逆らうミューラに枢機卿が憎々しげな顔になる。きっと魔王を倒した勇者の仲間である聖女を、客寄せパンダとして使おうとか思ってたんだろうな。

ご愁傷さま、ミューラはアンタ達が思っている以上に純粋な聖職者だよ。純粋培養が仇になったな。

しかも今は式典の真っ最中で、周囲には世界中の貴族（の影武者）がいて、外にはスピーカー魔法で聞いている王都の民もいる。この状況で口汚い言葉は言えないだろう。ざまぁ。

「では、これにてお別れです、枢機卿様！」

ミューラが席から飛び出し、式典会場の花道へ飛び込んで俺の元に向かってくる。

俺もまたミューラを迎えるべく降下するが、そこに複数の人影が立ちふさがった。

「勇者殿はご乱心されたようだな」

各国の貴族の影武者達だ。

「これは我々が保護して手厚く看病せねばならないようだ」

それ監禁するって事ですよね？

影武者達が礼服やドレスの隙間から武器を取り出して、俺に攻撃しようとしてくる。対してこちらは武器を持っていない。大事な式典だからな。

魔法の袋すらバルザックの屋敷に置いてきてある。

「聖剣を持たぬ勇者など恐るるに足らず！」

先頭を走っていた影武者達が俺を囲む。それに対して俺は冷静に、毒耐性を得る魔法を発動させた。念のためだ。

「かかれ！」

全員が四方から全く同じタイミングで俺に攻撃してきた。見事な速度だ。ただしそれは、普通の人間にしてはだが。

俺は全身に魔力を満たし、強化魔法を発動させてギリギリ回避。さらに迫ってくる敵の武器を振るう腕の軌道をそらせて、四人全員の攻撃がお互いに向かうように調整した。

「「「「ぐあーっ!!」」」」

四人が全く同じタイミングで傷を負い悲鳴を上げる。人間相手の暗殺に慣れていても、勇者との戦闘には疎《うと》そうだ。

いや当たり前か。

「勇者が各国の使者殿に襲いかかったぞー！」

誰かが、俺の責任だと高らかに叫ぶ。これはネガティブキャンペーンって事かな？

俺が反撃すれば、外で音だけを聞いている市民達に俺が悪い事をしたと喧伝するつもりか。

影武者達は怯《ひる》む事なく襲ってくる。

「いけません、このままではトウヤさんが不利になるばかりです！」

ミューラは俺の事を心配してくれるが、普通に戦う分には全然苦戦なんてしてないんだけどね。

けどまぁ、ネガティブキャンペーンはよろしくないなぁ。このまま俺の評判を落として孤立させようって腹だろう？　けど、俺がこれから潜伏する場所は、人間のたどり着けない極寒の地。大して困りはせんが、せっかくなのでこちらも反撃させてもらおう。

迫る影武者達の攻撃をいなし、拳と相手の武器を利用しつつもスピーカー魔法で声を張り上げる。

こちらのスピーカー魔法はサリアに教えてもらったトゥカイマ製のスピーカー魔法なので、現代の魔法よりも高性能かもしれない。

俺はそれを試すためにも王都中に語りかけた。

「俺は、俺を利用しようとするアンタ達貴族と袂を分かつ！　そして、新しい町を作り、今の世界のように一部の貴族や商人だけが得をし、平民が搾取される仕組みのない世界を作ってみせる！」

「そのような絵空事《えそらごと》が実現するものか！」

再び攻撃してくる影武者達。武器の先端には黒い液体が塗られている。たぶん毒だろう。

俺は敵の武器に浄化魔法を掛けて、毒をただの水へと変える。だが彼等は自分達の切り札が一瞬で無害になった事に気づいていない。

「すでに一部の村は、俺の立てた新しい復興計画によって今まで以上に発展している！　お前達が知らない異世界の知識でな！」

恐れる事なく相手の懐に飛び込んで、一人の携帯式の折りたたみ槍を奪い取ると、横一文字に円を描いてなぎ払った。

「俺の知識がこの世界を発展させる事はお前達が一番よく知っているだろう！　だが俺はこれからその知識を、俺と共に歩む事を決めた人達のためだけに使う。お前達のためにはもう使わん！」

はっきりとした決別の言葉、だがそれ以上に、何も知らない民は俺の言葉にショックを受けるだろう。国は大々的に勇者の知識で世界を復興させると言って、実際に各国を復興、発展させていた。

何より俺の恩恵を受けていたのは、下層で生きる平民達だろう。

俺の復興案の基本は衛生管理を高め、職を失った者達に新しい仕事を斡旋する事だった。病気の確率を減らし、風呂で汚れを落として気分はスッキリして、明日から新しい仕事をがんばろうという気になってもらう。貧すれば鈍《どん》するとも言う。だからこそ、俺は民のために力を尽くしたのだ。

皆が笑顔を取り戻すために。

「俺はこれからお前達が手を出せない場所で新しい町を作る。そして同時に住民も探し求めている。魔王との戦いの余波で食うに困って生活出来なくなった人達に、俺の町で働いてもらうためだ!!」

ぶっちゃけると平民のスカウト放送である。ついでに、勇者が皆を見捨てていないよというアピールでもある。

俺は並みいる敵を掻き分け、遂にミューラと再会した。

「トウヤさん！」

ミューラは結界魔法を展開して、自分を人質として利用しようとする連中から身を守っていたみたいだ。

早速周囲にいた敵をなぎ払うと、ミューラに結界の解除を促し、そのまま二人で空高くへ飛び上がる。

「じゃあな貴族共！　これからは自分達が裏切った勇者の怒りに怯えて暮らせ！」

シルファリアが俺の元へと近づき、腕を絡めてくる。

三人が触れ合った事を確認した俺は、そのまま魔法で転移した。さようならだ、俺を利用しようとしてきた貴族達。

エピローグ　道標《みちしるべ》のない道

「あー、やっちまったなぁ」

　俺はイナカイマの屋敷の屋根の上から、村を眺めていた。

　自分で決断して実行した結果とはいえ、俺はこれまで形の上では味方だった国々と、袂を分かってしまった。

　あのまま各国の思いどおりに行動していれば、最悪命の危険もあったので仕方のない決断と言えたが、やはり後ろ髪を引かれるものがある。

　決断してしまったが故の贅沢な悩みというやつだ。

「何よ、今さら後悔してる訳？」

　とはエアリアの言葉だ。エアリアは俺の膝の上に座って、背中をもたせかけてくる。

「決めたんでしょ？　だったら後は前だけ見て進みなさいよ。アンタはいつだってそうやって行動してきたでしょうが」

「ですね。決めた以上、後はもう進むしかありません。貴方の後ろを守るのは私達の役目です。私も、同じ道を選択したのですからね」

俺の右腕に体を押しつけてもたれかかるミューラが耳元でささやく。その吐息がくすぐったいやら、二の腕を覆いつくす胸が気持ちいいやら。うん、気持ちいいです。

「ですが、どのような道を歩もうとも私達はトウヤさんに付いていきます。それにここはほとんど私の故郷ですので、むしろ私的には理想的な状況です」

こちらは俺の左腕に抱きついて頬を寄せているサリアの言葉だ。

サリアにとってはかつてトゥカイマ王国があった土地で暮らす方が安心出来るのだろう。実際、西側諸国にいたら政治の道具にされていただろうから、このイナカイマを新しいトゥカイマとして国を立てなおす方が、サリアにとっては気が楽なんだろうな。

「このイナカイマをトゥカイマ以上に良い国にしましょうね！　私はそのためなら全面的に協力いたしますよ！」

ノリノリである。たぶんこのメンツの中で一番この状況を喜んでいるのはサリアだったのだろう。

他の誰も俺の計画についてこなくても、サリアだけは付いてきたかもしれない。いや、エアリアも絶対に付いてきたな。たぶんそうだと思う。だってエアリアは俺から離れようとした事は一度もないのだから。

「多少予定は変わったが、これはこれでアリだ！　要はトウヤをこの地の王にすれば良いのだからな！　何、魔族の国を改めて支配する手間が増えるが、お前ならこの世界全てを手に入れる事が出来るだろう！　私も全面的に協力するぞ！　そしてお前との子供を魔王にする！」

俺の後頭部に胸を押しつけながら、シルファリアが宣言する。

ある意味でサリア並みにブレない発言だ。まったく懲りないというかなんというか。最終的には自分の血が魔王になればそれで良いらしい。

だが、気分は悪くない。

どんなに不穏な状況であろうとも、いつだってそばにいてくれた二人がここにいて、新しい仲間達がこの村に集ってくれたのだから。

なら、今までと何も変わらない。いや、むしろ今までよりも仲間には恵まれているじゃないか！

「よーっし！　今夜は楽しむかー！」

「「「おおーっ！」」」

改めて自分が恵まれている事に気づいた俺は、気分を変えて今を楽しむ事にする。

皆、俺は今も人の縁に恵まれているよ。

だから、もう少しだけ待っててくれ。きっと帰るから。

「さー、今夜は眠らせないわよー！」

「夜中は死者の時間なので生者が起きているのは良くないのですが、まぁ仕方ありませんよね！」

「生活魔法にはそういう魔法もあるんですよ！」

「魔族の秘薬もあるぞ？」

えっと、もしかしたら家族が増えるかもしれません。それもたくさん。

Re:Monster
ゲームアプリ解放中《リリース》!!
94万ダウンロード突破!
※2017年11月時点
App Store無料ランキング（ゲームカテゴリ）2位!
※2016年2月25日時点
Google Play™ 国内アプリ新着無料ランキング3位!
※2016年2月26日時点
おかげさまで誕生1周年!
喰えば喰うほど強くなるRPG!
Re:Monster
リ・モンスター
～ゴブリン転生記～
書き下ろしマンガも公開中じゃよ
Wave 5 / 5
MP
詳しくは
http://remonster.jp/
にアクセス!
【Android】Google Play
【iOS】App Store
で好評配信中!
携帯サイトはこちらから!
©Kogitsune Kanekiru ©AlphaPolis Co., Ltd.

会社を辞めて、故郷である東京奥多摩へ帰ってきた俺、向ヶ丘《むこうがおか》ユヅル。祖父母の残した家と畑を管理することになったので、畑の様子を見に行くと……。ちょ、スライムが湧いている!?　それも、一匹や二匹ってレベルじゃねーぞ!　俺は田舎でのんびり暮らしたかっただけなのに、来る日も来る日も、畑に異世界から魔物や人が湧いてくるんだが——!!

◉定価:本体1200円＋税　◉ISBN:978-4-434-23928-1　◉Illustration:シソ

◎各定価：本体1200円＋税　◎Illustration：岡谷

十一《じゅういち》屋《や》翠《すい》

岐阜県在住。『左利きだったから異世界に連れて行かれた』（KADOKAWA）で出版デビュー。2017年1月より、ウェブ上で『勇者のその後～地球に帰れなくなったので自分の為に異世界を住み良くしました～』の連載を開始。一躍人気作となり、2作目の書籍化作品となる。

イラスト：晃田ヒカ

本書はWebサイト「アルファポリス」（http://www.alphapolis.co.jp/）に投稿されたものを、改稿、加筆のうえ、書籍化したものです。

勇者《ゆうしゃ》のその後《ご》2 地球《ちきゅう》に帰《かえ》れなくなったので自分《じぶん》の為《ため》に異世界《いせかい》を住《す》み良《よ》くしました

十一屋翠

2017年11月30日初版発行

編集－芦田尚・宮坂剛・太田鉄平
編集長－塙綾子
発行者－梶本雄介
発行所－株式会社アルファポリス
〒150-6005 東京都渋谷区恵比寿4-20-3 恵比寿ｶﾞｰﾃﾞﾝﾌﾟﾚｲｽﾀﾜｰ5F
TEL 03-6277-1601（営業）03-6277-1602（編集）
URL http://www.alphapolis.co.jp/
発売元－株式会社星雲社
〒112-0005 東京都文京区水道1-3-30
TEL 03-3868-3275
装丁・本文イラスト－晃田ヒカ
装丁デザイン－AFTERGLOW
印刷－中央精版印刷株式会社

価格はカバーに表示されてあります。
落丁乱丁の場合はアルファポリスまでご連絡ください。
送料は小社負担でお取り替えします。

ISBN978-4-434-23984-7 C0093